AF216282

Bibliografische Information der Deutschen Nationalbibliothek: Die Deutsche Nationalbibliothek verzeichnet diese Publikation in der Deutschen Nationalbibliografie; detaillierte bibliografische Daten sind im Internet über http://dnb.dnb.de abrufbar.

Copyright 2016 Peter K. Stumpf
Herstellung und Verlag:
BoD-Books on Demand, Norderstedt
ISBN 978-3-7448-6374-2

TRAUMLAND

PETER K. STUMPF

Die Sonne lag in den letzten Zügen an diesem schönen, wenn auch etwas böigen Maitag in Potsdam. Die Staus, die ständig den Feierabendverkehr begleiteten, lösten sich allmählich auf, und die eigenwillige Ruhe, wie sie den Vororten eigen ist, kehrte kaum merklich zurück. Nur noch wenige Autos befuhren die Straßen von Potsdam. Friedrich Becker sah nachdenklich auf die Uhr im Armaturenbrett, als er seinen dunkelblauen Mercedes auf die Einfahrt zu seinem Haus steuerte.

»Einundzwanzig Uhr und siebzehn Minuten. Verdammt, schon wieder zu spät!«

Der einunddreißigjährige Mann hielt auf dem Heimweg noch an einem Lokal an und genehmigte sich ein paar Bier. Eigentlich hatte er seiner um ein Jahr jüngeren Frau Johanna versprochen, daß er nicht später als sieben nach Hause käme. Die beiden wollten sich noch einen schönen Abend machen, irgendwo gepflegt essen und sich anschließend vielleicht einen Film im Kino ansehen.

Doch er kam wieder mal zu spät. Was sollte es, daran ändern konnte man jetzt auch nichts mehr. Alles drehte sich, als er ausstieg und an die frische Luft kam. Das war jedesmal das gleiche, und auch wenn er sich stets vornahm, daß es der letzte Schluck Alkohol in seinem ganzen Leben gewesen ist, so wußte er doch ganz genau, daß es anders kommen würde. Der Drang nach diesen berauschenden Mitteln, war einfach stärker. Becker suchte mit dem Schlüssel nach dem Schloß in der Wagentür, doch für den betrunkenen Mann schien es so, als würde das Auto sich bewegen.

Zuerst vorwärts, dann rückwärts. Immer und immer wieder. Becker war ein Mann, der manchmal heftigen Jähzorn an den Tag legen konnte, wenn etwas nicht nach seinem Willen ging. Er rastete aus. Auch dieses Mal trat er mit dem Fuß gegen den Wagen.

»So, da hast du es. Vielleicht bleibst du jetzt stehen.« Eine große Beule zierte nun die Fahrertür, und merkwürdigerweise glitt der Schlüssel jetzt auf Anhieb ins Schloß.

Riesige Haufenwolken zogen seit einiger Zeit auf. Ziemlich schnell, und man konnte meinen, daß sich das alles im Zeitraffertempo abspielen würde. Die Wolken schienen von innen zu leuchten. Erst blau, dann grün, und zum Schluß blieb es bei einem beständigen Rot. Das Leuchten erschuf ein gespenstisches Bild der Natur. Die Schatten wurden länger. Es schien, als bewegten sie sich, als tanzten sie den nächtlichen Walzer des Unheils.

»Wenn ich weiter so trinke, dann werden aus den Wolken noch die wildesten Ungeheuer.« Kaum sprach er es, so klar er es konnte noch vor sich hin, da formte sich schon ein riesiger Hundekopf am Himmel empor. Von seinen feuchten Lefzen tropfte Speichel herab, und in seinen Augen glomm eine Glut, die auch den Tapfersten furchtsam zurückweichen ließ. Wie hypnotisiert blieb Friedrich stehen. Seine Glieder gehorchten nicht seinen Befehlen. Gebannt starrte er auf den gleichmäßig wiederkehrenden roten Lichtreflex. Das, was Friedrich durch den Kopf ging, war in einen Dunstschleier von Bier gehüllt, den ein klarer Gedanke nur sehr schwer durchdringen konnte.

Der starke Duft der Rosen im Vorgarten seines Hauses lenkte ihn kurz ab. Nur wenig, aber lang genug, um sich wieder zu besinnen. Er riß seinen Blick los und taumelte langsam rückwärts. Becker zuckte zusammen, als er sich den Kopf an einem Balken, der das Dach der Veranda hielt, stieß.

»Verdammte Scheiße!« Seine Hand glitt automatisch zu der Stelle, wo sich allmählich eine lästige Beule bildete.

»Als nächstes kommt dieses verfluchte Holzgestell hier weg, und wenn ich es eigenhändig abreißen muß.« Das sagte er meist im ersten, etwas hitzigen Moment, wenn ihn irgend etwas störte. Doch man sollte es nicht für bare Münze nehmen. Ein leicht erregbarer Mensch, wie Becker einer war, neigte leicht zu großen Übertreibungen. Wenigstens brachte es ihn auf andere Gedanken. Jedoch spürte er in seinem Nacken die feuchte Hitze wütenden Atems. Noch einmal drehte er sich um, und vor ihm stand-nichts. Die Häuser der Nachbarn wirkten so friedlich und ruhig wie sonst auch immer. Am Himmel funkelten unzählige Sterne. Die wie aus dem Nichts aufgetauchten Wolken waren verschwunden. Das alles geschah so plötzlich und unerwartet, als wäre überhaupt nichts Derartiges geschehen. Mit der festen Absicht, in dieses Lokal keinen Fuß mehr zu setzen, verschwand er hinter der Haustür.

»Na, wie war dein erster Tag, mein Kleines?« Friedrich Becker schob eine Vielzahl von Spielzeug beiseite und setzte sich auf das Bett seiner Tochter.

»Ich weiß nicht.«

»Das mußt du doch wissen. Hat es dir denn nicht gefallen?«

»Schon, alle waren sehr lieb zu mir. Doch irgend wie war es ein wenig ... «, die Siebenjährige setzte sich auf und suchte nach dem passenden Wort »Langweilig?« Friedrich sah sie überrascht an und fing an zu grinsen.

»Ja. Die waren nur damit beschäftigt, meine Stirn zu trocknen. Und wenn das nicht kam, gingen sie mit dem Maßband auf mich los und dann immer dasselbe.«

Das Mädchen verzog das Gesicht.

»Wir haben mehr als siebzehnmal dieselbe Szene gedreht.«

»Warum denn das?« fragte der Vater ein wenig amüsiert und dabei stets darauf bedacht, seinen angetrunkenen Zustand zu verbergen.

»Weiß nicht. Vielleicht habe ich etwas falsch gemacht.« Indes sich die beiden unterhielten. bewegte sich Schmidt, der fast lebensgroße Pandabär, ein wenig, und ein winziger Rauchfaden stieg aus seinem linken Auge empor. Er lag im Rücken von Friedrich, genau neben der Zimmertür und konnte somit zunächst nicht bemerkt werden.

»Du solltest die Fehler nicht immer bei dir selber suchen. Es ist doch immerhin wahrscheinlich, daß einer von den anderen daneben gelegen hat.«

»Geht nicht.«

»Warum geht das nicht?«

»Na, weil ich ganz alleine vor der Kamera gestanden habe.«

»Mach dir nichts draus, meine Blume. Du bist ein kluges Kind ... «

Becker drehte sich ein wenig zur Seite und rümpfte schnüffelnd die Nase.

»Riechst du das auch?«

»Du meinst wohl deine Schnapsfahne?« Friederike kicherte leicht, als sie den überraschten Gesichtsausdruck ihres Vaters sah und hielt auf einmal mne.

Der Gestank wurde immer stärker. Sie wollte gerade aufschreien und ihren Papa warnen, da packte dieser sie schon und brachte das Kind aus dem Zimmer.

»Geh zu deiner Mutter und verlaßt so schnell wie möglich das Haus.«

Der Panda hatte vollends Feuer gefangen. Die Flammen züngelten nach neuer Nahrung. Sie fraßen sich in den Teppichboden und in die Holzdielen.

Der Qualm reizte Friedrichs Atemwege, als er versuchte, in die Nähe des Feuerlöschers zu gelangen. Man hätte meinen können, daß nun alles glatt gehen würde, Becker würgte und hustete, er zog und riß, doch der Löschbehälter ließ sich nicht aus seiner Halterung lösen. Er verfluchte den Tag, an dem er mit dem Trinken angefangen hatte. Seine Sinne spielten verrückt, und dieses verdammte Ding, er zog noch einmal kräftig, kam ihm jetzt regelrecht mit der ganzen Halterung entgegen. Der Brandherd hatte sich erstaunlicherweise kaum vergrößert, dadurch war es um so leichter, ihn zu bekämpfen. Nach nicht einmal fünf Minuten war alles gelöscht.

Während die Feuerwehr noch mit den Aufräumungsarbeiten im Haus der Beckers beschäftigt war, trafen sich Theo Müller und seine Ehefrau Lea mit Freunden im `Zum alten Fritz´ unweit der Brandenburger Straße zum Abendessen. Müller kam gerade aus dem Studio und schaffte es noch eben, rechtzeitig bei Tisch zu sein.

Mißmutig warf er sich auf den Stuhl. Das Restaurant war wie fast jeden Tag gut besucht. Hier kamen viele Leute aus der Filmbranche zusammen. Regisseure, Schauspieler. Kurzum, alles, was diese Sparte zu bieten hat. Nur die wirklichen Stars sah man hier eher selten. Die meisten Anwesenden unterhielten sich über ihre Arbeit, als ob sie nicht genug davon bekommen könnten. Da hörte man des öfteren, wie viel Spaß es auf dem Set gibt. Alles Schaumschläger. Theo bemitleidete diese Leute, und er mochte es nicht, hierher essen zu kommen. Doch er konnte nichts gegen die Wünsche seiner Frau sagen. Lea war zwanzig Jahre jünger als er, und eines mußte er eingestehen. Sie brachte es fertig, daß er seine Arbeit wenigstens für einige Stunden aus seinem Kopf bekam. Doch heute war es anders.

»Hallo, Max. Hallo, Paula! Tut mir leid, daß ich etwas spät dran bin, aber das war heut mal wieder ein Tag!« Und zu seiner Frau gewandt: »Du siehst heute ganz bezaubernd aus.« Er wußte genau, daß ein Kompliment ihm jedes mal half, sich aus der Zwickmühle zu befreien. So war es auch diesmal, und ein strahlendes Lächeln Leas bestätigte seine Vermutung.

Das befreundete Paar machte auf Außenstehende einen solchen Eindruck, als ob es das Traumpaar schlechthin wäre. Während Max, ein achtundzwanzigjähriger Mann mit kurzen braunen Haaren und von ungewöhnlich gutem Aussehen, stets maßgeschneiderte Anzüge trug, brachte Paula nicht nur Männerherzen zum Rasen. Ihr fast formvollendeter Körper, durch teure Designerkleider noch mehr zur Geltung gebracht, konnte eine noch so schöne und selbstbewußte Frau, wie Lea es war, vor Neid erblassen lassen. Doch das war nur Schein. Meist stritten sie um die unwichtigsten Dinge, die man sich vorstellen kann, wie z. B. nicht zugeschraubte Zahnpastatuben oder nicht heruntergeklappte Klodeckel. Hin und wieder kam es auch vor, daß einem die Hand ausrutschte und der Partner die nächste Zeit mit einer Blessur unter dem Auge herumlaufen mußte. Doch kaum war der Streit abgeklungen, hielten sie sich wieder bei den Händen und schworen sich, es nie wieder zu tun. Jedoch wußten beide, daß es kurz danach wieder zu solchen .Streicheleinheiten kommen würde.

"Ist alles so gelaufen, wie du dir das vorgestellt hast, Theo?« Die Erschöpfung stand ihm im Gesicht geschrieben. Ganz zu schweigen davon, daß er sich das Jackett seines Anzugs falsch zugeknöpft hatte. Es war ihm gar nicht aufgefallen. Erst als er die mitfühlenden Blicke der anderen auf sich gerichtet sah, korrigierte er mit einem verlegenen Lächeln seine Sachen.

"Schön wär's. Nichts hat geklappt, gar nichts. Aber lassen wir das bitte.« Müller machte eine abweisende Handbewegung, die der näher kommende Kellner für sich beanspruchte und sich wieder davonmachen wollte. Erst die freundliche Aufforderung von Max, er solle ihm doch endlich die Bestellung abnehmen, überzeugte ihn davon, daß ihm hier keine Unannehmlichkeiten drohten. Er notierte das bestellte Essen und verschwand so flink, wie man es nur noch selten in den Restaurants der Stadt sieht. Vielleicht lag es aber auch an Theo.

Der grübelte noch über die vergangenen Stunden nach, die ihm nicht viel Gutes geboten hatten. Normalerweise besprach er die Probleme, die er hatte, mit seinen Freunden, und mit Lea, die eine gute Zuhörerin war und es einem wirklich leicht machte, sich vom Arbeitsstreß zu erholen. Aber wie sollte er erklären, was in seinem Innersten vorging? Wurde er langsam verrückt? Demnach zu folgern, was er heute gesehen hatte, müßte man das eigentlich denken. War es denn normal, daß die Kameras, die das Spiel der Protagonisten aufnehmen sollten, nur die Truppe hinter den Kulissen filmten, und das, obwohl sie vollkommen einwandfrei funktionierten? Daß alle Spiegel im Hintergrund zerbarsten? Das war nicht anzunehmen.

Ben Schwarz, der eine der Hauptrollen spielte, war ein ausgezeichneter Schauspieler und als ein Mann mit einem fast phänomenalen Gedächtnis bekannt, doch heute mußte er schon bei einem Satz passen, der aus lächerlichen drei Wörtern bestand.

Das Essen war bereits serviert, und Theo stellte zu seiner großen Genugtuung fest, daß die anderen drei in ein anregendes Gespräch vertieft waren und ihm jetzt weniger Aufmerksamkeit schenkten. Man kann sich vorstellen, daß es dem Zweiundvierzigjährigen nur allzu recht war, denn wer möchte schon gerne über Dinge reden, die dermaßen merkwürdig klangen wie diese Sachen hier. Geschweige, daß er es selbst nicht ganz verstand. In das Restaurant kamen und gingen die Leute, und zur großen Erleichterung Müllers war kein einziges Gesicht dabei, das er kannte, beziehungsweise niemand, der ihn erkannt hätte. Der aromatische Geruch des Gerichts vor ihm auf dem Tisch machte ihn einigermaßen hungrig. Zu seinem großen Erstaunen konnte er sich nicht erinnern -Taube- bestellt zu haben. Aber was sollte es, so lecker wie die aussah, würde sie sicher auch schmecken. Die Augen essen bekanntlich mit, und so sollte es auch keineswegs verwundern, daß sich Theo zuerst über die garnierten Früchte, die in ihrem Arrangement an wunderschöne Blumen erinnerten, hermachte und sich das Beste für den Schluß aufhob.

Hatte sich da eben nicht etwas bewegt? Sein Atem ging jetzt schwerer, aber immer noch gleichmäßig. Er schaute wiederholt auf seinen Teller. Der Braten lag ruhig darauf, und nichts schien das kaum Bemerkbare zu bestätigen. Wieder bewegte sich etwas in seinen Augenwinkeln. Und? Wieder nichts.

»Ich bekomme schon Halluzinationen.« Verwirrt schüttelte Theo seinen graumelierten Schopf und schluckte plötzlich vor Ekel.

»Das kann doch nicht wahr sein. Kriegen die denn überhaupt nichts mit?«

Lea und das befreundete Paar aßen mit Wohlgenuß.

Sie bemerkten kaum, was sie da zu sich nahmen. Frisches Blut lief ihre Mundwinkel herab, es floß in kleinen Rinnsalen das Kinn hinunter und tropfte auf die weiße Tischdecke, die es aufsog. Max nahm die ganze Taube auf einmal. Sie zappelte noch ein wenig und kratzte ihn mit ihren Krallen im Gesicht. Es schien ihm nicht das geringste auszumachen, denn er biß genüßlich in den Hals und trennte so den Kopf vom Rumpf.

Theo würgte. Er fühlte, wie der Brechreiz immer stärker wurde, und sein Gesicht verfärbte sich erst rot, dann wurde es aschfahl. Die beiden Frauen schienen sich satt gegessen zu haben. (Müllers Frühstück steckte wohl schon fast in der Mundhöhle.) Sie wischten sich den Mund und die Hände ab und zogen rosa Federn aus ihren Zahnzwischenräumen.

Das war zuviel für einen Mann, der den ganzen Tag schwer im Streß war. Noch ehe die anderen begriffen, was eigentlich los war, warf er den Stuhl beiseite und rannte wie ein gehetztes Schaf aus dem Restaurant, wobei er ein älteres Paar, das gerade auf dem Weg zu seinem Tisch war, zur Seite drängte.

»Unerhört!« zischte die Frau während ihr Begleiter dem Flüchtenden eine gehörige Tracht Prügel androhte.

»Theo! Wo willst du hin? Warte doch!« Lea hatte zwar noch versucht ihn aufzuhalten, hatte aber kein Glück damit.

»Komisch. Er verhält sich schon den ganzen Tag über seltsam.«

»Hast du gesehen, wie er uns beim Essen zugeschaut hat?« Max schüttelte verblüfft den Kopf.

»Ja, als ob wir uns nicht gut genug benehmen könnten. Er hat sich richtig geschämt für uns.« Paula konnte diesen exzentrischen Künstler, so nannte sie Theo Müller insgeheim, überhaupt nicht leiden. Eigentlich gab sie sich nur mit ihm ab, weil sie ihre Freundin Lea nicht vor den Kopf stoßen wollte. Aber was zuviel war, war zuviel. Sollte er doch bleiben, wo der Pfeffer wächst.

Zuerst tuschelten die drei noch ein wenig, ließen sich aber bald von den schöneren Seiten des Lebens mitreißen und plauderten über angenehmere Dinge.

»Du bist doch wieder betrunken. Das brauchst du nicht zu leugnen. Ich sehe es an deinen Augen, und eine üble Fahne hast du auch.«

Johannas anfängliche Furcht um das Leben ihrer Lieben wich unbändigen Zorn. Die junge Frau schien nicht im geringsten daran interessiert zu sein, ihre blonde Haarpracht unter Kontrolle zu bringen, deren Locken ein seltsames Spiel mit ihrem Mund und ihren verschlafen dreinblickenden Augen spielen wollten. Sie schien jeden einzelnen Quadratmeter des Wohnzimmers vermessen zu wollen. Dabei lief sie mit geöffnetem Morgenmantel umher, unter dem sie nur ihr äußerst kurzes Nachthemd trug, das Friedrich ihr vor wenigen Tagen erst geschenkt hatte.

»Könntest du bitte ein wenig leiser schreien. Du wirst noch Friederike wecken.«

»Das hättest du dir früher überlegen müssen. Bevor du ihr Zimmer in eine Räucherhöhle verwandelt hast.«

»Ich habe nicht geraucht.« Es war schon weit nach Mitternacht und das erste Mal an diesem Abend spürte er den Drang, sich eine Zigarette anzuzünden. Seine Hände zitterten, doch vielleicht kam er wenigstens noch diese Nacht ohne Glimmstengel aus. Rauch hatte er fürs erste genug eingeatmet, der sengende Gestank nagte an seinen Schleimhäuten und er meinte, für eine ganze Weile nicht richtig riechen zu können.

»Und das soll ich dir glauben? Willst du mir weis machen, daß das Stofftier sich von selbst entzündet hat?« Johanna warf sich auf die große Eckcouch und zog den Morgenmantel über ihre entblößten Beine.

»Ich habe wirklich nicht geraucht. Glaub es mir bitte.« Er dachte kurz nach und fügte schließlich resignierend hinzu: »Es tut mir leid. Wenn ich irgendeinen Fehler gemacht haben sollte, so kann ich mich nicht mehr daran erinnern. «

Mehr bekam er nicht über seine Lippen. Er schämte sich über alle Maßen. Vielleicht hatte er in seinem Alkoholrausch geraucht und die Kippe fallen gelassen. Wenn er doch wenigstens seinen benebelten Verstand einsetzen könnte. Aber nichts. Alles, was sich jetzt noch in seinem Gehirn abspielte, war das Bedürfnis nach Schlaf. Ein monotones Gefühl, das alles andere verdrängte.

»Lassen wir das. Es ist schon spät, und morgen«, Becker sah auf seine Armbanduhr, nein, es ist ja schon Donnerstag. Heute wird ein anstrengender Arbeitstag.« Ohne auf ein Wort von seiner Frau zu warten, verschwand er im Badezimmer und versuchte. sich den Schmutz. den er gestern Abend aufgewirbelt hatte.

abzuwaschen. Johanna war zwar erbost. daß er sie so einfach links liegengelassen hatte und schimpfte noch ein paar Minuten. aber sie merkte bald. daß es sinnlos war weiterzureden. Sie schluckte den ganzen Ärger hinunter und ging ins Schlafzimmer, wo sie, von außerordentlicher Müdigkeit ergriffen, wenige Augenblicke später einschlief.

Ihr Mann stand in einer Ecke der Duschkabine. Seine Pupillen waren geweitet. Er bewegte sich nicht, stand nur da und preßte sein überhitztes Gesicht an die hellblauen Fliesen. Das warme Wasser streifte sein aschblondes Haar am Hinterkopf und lief in kleinen Rinnsalen seinen Rücken hinunter. Vielleicht hätte er noch in einer Stunde so dagestanden, doch plötzlich wurde das Wasser kalt. Ein Schauer nach dem anderen fiel auf ihn herab. Erst strömte es eiskalt, dann wieder dermaßen heiß, daß der Dampf, der dadurch entstand, das ganze Bad in einen Nebel hüllte, dicht und undurchsichtig. wie man es sich kaum vorstellen kann. Dann gefror alles. Eiskristalle formten die wundersamsten Figuren, meist teuflische Fratzen, deren Gesichter sich Friedrich nicht mal als zwölfjähriger Junge hätte vorstellen können, und Gott weiß, seine Eltern konnten ein Lied davon singen, wie viel Phantasie ihr Kind hatte. Aus der Duschbrause wuchs ein langer, unförmiger Eiszapfen, der sich Beckers Rückgrat entlang schlängelte und eine zweite Wirbelsäule bildete. Der junge Mann versuchte loszukommen, er zog und drückte so fest er konnte. Das einzige, was er jedoch damit erreichte, war ein brennender, stechender Schmerz, der sich in Windeseile durch seine Knochen fraß.

»Oh Gott! Wenn ich hier heil herauskomme, hör ich mit dem Saufen auf.« Zuerst hielt es Friedrich für ein furchtbares Trugbild oder für eine Halluzination, die er schon des öfteren hatte und führte es auf seinen hohen Alkoholgenuß zurück. Aber bisher fühlte sich alles so real an, dermaßen real, daß er seine Glieder auf unangenehme Art und Weise zu spüren bekam. Er konnte sich kaum bewegen. Das Eis hielt ihn fest auf dem befliesten Boden. Die Angst stieg in ihm auf, als alles um ihn herum sich zu bewegen schien. Selbst die Spiegel deformierten sich. Wenn zuerst nur leicht, dennoch spürbar. Friedrich sah aus seinen Augenwinkeln heraus, wie eine Gestalt sich auf ihnen projizierte.

Das Gesicht gehörte einer Frau, einer so alten Frau, das man vor den vielen Runzeln und Falten auf deren Haut erschrecken konnte. Ihre Haare waren weiß und dünn. Sie hingen in dürren Fäden bis zur Schulter hinab. Ganz gleich was man für grauenhaft hält, ihr düsterer Blick und das grimmige Lächeln, das von einem Ohr zum anderen zu gleiten schien, beeindruckte auch einen hart gesottenen Menschen, wie Becker es von sich glaubte, einer zu sein.

»Verschwinde und laß mich in Ruhe!« Er ruckte jetzt stärker an seinen zu Klumpen erstarrten Gliedern, doch ein schier unerträglicher Schmerz durchzuckte seinen durch die Auskühlung geschwächten Körper. Friedrich schrie verstört auf. Es konnte alles nur ein Traum sein.

Ein schrecklicher, davon kann man ausgehen, aber eben nur ein Traum.

»Was willst du denn von mir? Ich habe dir doch nichts getan!" Becker versuchte seinen Kopf ein wenig zur Seite zu drehen, um die Person noch deutlicher ansehen zu können, und siehe da, es klappte. Wenn auch nur ein paar Zentimeter, doch das war schon genug.

»Gib mir einen Kuß und du kannst tun und lassen was du willst. Ha. ha!«

Ihre heisere Stimme dröhnte im ganzen Raum. Die Wände vibrierten. Angst- und Kälteschauer liefen Friedrich Becker abwechselnd den Rücken hinunter.

»Pfui Teufel, der alten Hexe einen Kuß geben! Die denkt wohl, daß ich mich vor gar nichts ekle. So hart im Nehmen bin ich auch wieder nicht. Sie ist nicht real!« »Wie nennst du mich? Alte Hexe? Ich bin doch eine hübsche Person, und jeder normale Mann würde sich glücklich schätzen, mit mir ausgehen zu dürfen.« Und wieder ließ sie das unangenehme Lachen los, das vielleicht noch ein bißchen schlimmer klang, als wenn ein rostiger Nagel aus dem Holz gezogen wird.

»Hör auf! Hör endlich auf damit. Das Ganze ist nur eine Illusion. Du kannst nicht die Wahrheit sein. Das ist völlig unmöglich. »Alles fing an sich zu bewegen. Die Waschutensilien im Spiegelschrank über dem Waschbecken polterten hinaus, glitten den mit einer dünnen Eisschicht bedeckten Fußboden entlang und froren letztendlich auf der Stelle ein, an der sie liegen blieben.

»Du solltest doch mittlerweile wissen, daß nichts unmöglich ist.« »Papa, ist alles in Ordnung?« Als

Friederikes verschlafene Stimme durch die Tür drang, war alles wieder beim alten. Das Gesicht auf den Spiegelflächen war verschwunden. Der Eiszapfen in seinem Genick war wieder angenehm warmes Wasser, das seinen Rücken herunterlief und ohne anzufrieren, den Ausguß hineinlief.

Nichts erinnerte daran, daß noch vor wenigen Augenblicken das Badezimmer einem Kühlschrank glich, in dessen Innern sich die wundersamste Erscheinung abspielte, die Friedrich je gesehen hatte.

»Ja Schatz, es ist alles in Ordnung.« Noch vor Schreck zitternd, warf Friedrich sich seinen Bademantel über und konnte nicht schnell genug von diesem schrecklichen Ort verschwinden.

»Wieso schläfst du nicht?« Friedrich sah auf die Uhr an der Flurwand und bekam einen Ruck, als er sah, daß, seitdem er in die Dusche gestiegen, ganze sieben Minuten vergangen waren. Ihm kam es dagegen vor wie die halbe Ewigkeit.

»Es ist zwanzig nach drei, und normalerweise schlafen um diese Zeit alle braven kleinen Mädchen.« Erst jetzt bemerkte Friedrich, daß seine Haare naß waren.

Er trocknete sie so gut es ging ab, vergaß aber dabei nicht den strengen Blick von seiner Tochter zu nehmen.

»Du hast so laut geschrien, Papa. Du zitterst ja! Ist dir kalt?« Friedrich hatte gedacht, daß er sich soweit unter Kontrolle halten konnte, daß Friederike seine Furcht nicht merken konnte. Doch da hatte er sich gewaltig getäuscht. Kinder bekommen in der Regel viel mehr mit, als man unverständlicherweise zu glauben denkt. Bei Friederike war das kein bißchen anders und ihre wunderschönen blauen Augen schienen bis in sein innerstes Selbst sehen zu können. Immer wenn sie so dastand wie jetzt und ihre Blicke ihn durchbohrten, fühlte er sich verloren. Aber äußerst falsch wäre es anzunehmen, daß er das nicht mochte. Am allerwenigsten jetzt, wo es ihm das Gefühl des Lebens gab. Er freute sich sogar und im stillen dankte er Gott dafür, daß er hier und jetzt lebte.

»Ist Johanna nicht aufgewacht?« Becker nahm sein Kind auf den Arm und schwenkte deren Teddy hin und her.

»Nein, sie schläft noch ,«

»Friederike?«

»Ja Papa?«

»Habe ich wirklich laut geschrien?«

»Ja, als ob dich jemand verhauen würde.« Erst war Friedrich verblüfft über diese Antwort, doch dann mußte er lachen. Wie komisch mußte sich das angehört haben. Das Lächeln entspannte sein Gesicht zusehends, und als ob es ansteckend wirkte, setzte auch bei Friederike kicherndes Gelächter ein.

»Als ob mich jemand verhauen würde? Glaubst du denn wirklich, daß ich so laut schreien würde, wenn mich irgend jemand verprügelt?« fragte Friedrich noch einmal, als er die Kleine sorgfältig zudeckte. Er sprach leise, denn Johanna schlief bereits fest, und er wollte sie keinesfalls aufwecken.

»Die Jungs in meiner Klasse tun das.«

»Sehe ich etwa aus, wie ein siebenjähriger ,Junge?« Er beantwortete sich die Frage selber und grinste dabei über das ganze Gesicht.

»Nein. Diese Zeiten sind leider schon lange vorbei. Nun aber gute Nacht, mein kleiner Schatz!« Er legte sie ins Bett, deckte sie zu und gab ihr einen Kuß auf die Stirn. Einige Dokumente waren noch durchzuarbeiten, nichts Wichtiges, aber es mußte auch erledigt werden. Er ging eine dreiviertel Stunde später schlafen. Der Tag war lang und hart gewesen, und Friedrich wünschte sich nichts sehnlicher, als das zuvor Erlebte so schnell wie möglich zu vergessen. Doch es blieb nur bei dem Wunsch. Schon bald schloß er die Augen und fiel in einen unruhigen wenig erholsamen Schlaf.

Die Tage vergingen wie im Fluge. Friedrich Becker arbeitete noch härter, noch effektiver, als er es ohnehin schon tat. Johanna und Friederike Luise bekamen ihn jetzt seltener zu sehen als je zuvor. Aber das lag vor allem daran, das Friederikes Filmszenen in den nächsten zwei Wochen, ziemlich früh abgedreht werden mußten. Die Filmproduzenten machten äußerst viel Druck. Die merkwürdigen Zwischenfälle, die die Dreharbeiten vom ersten Tag an begleiteten, schienen in ihrer Stärke allmählich nachgelassen zu haben. Aber trotzdem wirkte das Team total verunsichert. Noch vor kurzem war die Stimmung geradezu explosiv. Regisseur Theo Müller und der verantwortliche Produzent des Films, Arnold Rosenzweig, gerieten sich unentwegt in die Haare, bis schließlich, auf derm Höhepunkt des Streits um die jeweiligen Kompetenzfragen, nur noch durch das entschlossene Handeln einiger gerade anwesender Stuntleute, Handgreiflichkeiten verhindert werden konnten.

»Vergessen Sie es. Ich habe es nicht nötig, mir von jemanden Vorschriften machen zu lassen. Wenn Sie unbedingt Regie führen wollen, dann übernehmen Sie doch das, und ich gönne mir eine schöne Zeit zu Hause.«

»Daraus wird wohl nichts werden, Herr Müller, Sie haben einen gültigen Vertrag, und den werden Sie auch auf alle Fälle erfüllen. Ist das klar?« Rosenzweig, ein kleiner, untersetzter Mann mit dünnen grauen Haaren, lief rot an. Er hatte ständig mit solchen Leuten zu tun, die sich für Künstler hielten. Aber für einen Film, der erfolgreich in den Kinos laufen sollte, brauchte man mehr als künstlerische Ambitionen. Nämlich eine kräftige Partie Professionalität, und das fehlte diesem aufgeblasene Theo Müller ganz bestimmt. Auf dem Gebiet des Phantasiefilms galt er als einer der Besten in seinem Beruf. Dafür wurde er engagiert, und das mußte man so wie es war akzeptieren. Aber sich ständig auf dem Kopf herumtanzen zu lassen, das wäre zu viel des Guten.

»Ich mach', was ich will. Damit Sie's wissen. Für eine sehr gute Arbeit brauch' ich freie Hand und keine dummen Ratschläge, wie man die Drehzeit verkürzen kann.«

»Wenn Sie wirklich so gut sind, wie Sie uns weismachen wollen, dann würden Sie nicht die Zeit mit unwichtigen Details vergeuden. Sie würden dafür sorgen, daß es gleich richtig gemacht wird.« Rosenzweigs Stimme glich einem dünnen Piepsen, denn jedes mal. wenn er eine lautstarke

Auseinandersetzung hatte, verschlug es ihm seine ansonsten robuste Stimme.

»Wie bitte? Sie wissen doch gar nicht, von was sie da reden.«

»Natürlich tue ich das. Und jetzt tun Sie gefälligst was. Sie werden dafür auch gut bezahlt.« Mit einer abfälligen Handbewegung ließ der Produzent Müller stehen und schickte sich an, zurück in sein Büro zu gehen.

Theo schäumte vor Wut, riß seinen Kontrahenten an der Schulter zurück und schrie ihm ins Gesicht: »Wie können Sie es wagen, mir einfach so den Rücken zuzudrehen und dann zu verschwinden. Ich war noch nicht mit Ihnen fertig.«

Rosenzweigs Augen glichen Schlitzen. Am liebsten würde er diesem Strolch mit der Faust direkt ins Gesicht schlagen.

„Aber Ich mit Ihnen." Das schien das Signal zu sein, auf das die beiden eigentlich gewartet hatten. Müller gab dem dicken Produzenten eine schallende Backpfeife. Verwirrt starrten sich die übrigen Teammitglieder an.

Bis jetzt hatten sie die Streithähne gewähren lassen, denn keiner wollte sich den Unwillen eines der beiden Männer zuziehen. Das könnte fatale Folgen für ihre Arbeit haben und gefährdete vielleicht sogar die zukünftige Arbeit in der Filmindustrie. Jetzt ist es aber genug!« Jo Willi Edward, der Stuntkoordinator des Films stellte sich in genau dem selben Moment zwischen beide, als Rosenzweig seinem Gegner mit einem Fußtritt antworten wollte. Er traf Jo Willis

Schienbein. Jeder dem das gleiche schon einmal wiederfahren ist, kann sich vorstellen, wie schmerzlich das war. Edward, ein muskulöser Mann von einsneunzig und kurzen schwarzen Haaren, bereute sofort seine Einmischung.

»Was mischen Sie sich denn da ein. Kümmern Sie sich gefälligst um Ihren eigenen Kram.« Mit diesen Worten verließ er nun endgültig die Anwesenden, und man brauchte kein Hellseher zu sein, um zu wissen, daß er mit allen nur möglichen Tricks versuchen würde, sein Ziel doch zu erreichen. Arnold Rosenzweig galt zwar im großen und ganzen als überaus freundlich, aber auch als ziemlich hinterhältig. Deshalb sollte es auch nicht verwundern, wenn sich das gesamte Team, vom Schauspieler bis zum Fahrer, ernsthaft Gedanken darüber machte, was wohl als nächstes passieren wird. Dem Regisseur war das schlicht und einfach egal. Er freute sich darüber, daß er aus dieser Konfrontation als Sieger hervorging.

Theo war ein äußerst arroganter und selbstzufriedener Zeitgenosse. Wenn ihm etwas nicht in den Kram paßte, dann wurde das eben mal zurechtgebogen. Da war es ihm einerlei, ob er damit andere Gefühle verletzte. Was kümmerte ihn fremdes Elend. Es zwingt die Leute ja niemand, mit ihm zusammenzuarbeiten.

»Alles geht auf seine Plätze. Es gibt noch viel zu tun. Also los! »

Diese hitzige Situation, war nicht die einzige an diesem Tag gewesen. Aber es blieb bei verbalen Beschimpfungen. Das Stargehabe, das man sonst von den Schauspielern erwartet hätte, färbte auf das Team hinter den Kameras ab. Die Leidtragenden waren die eben schon erwähnten Schauspieler, die immer und immer wieder an der gleichen Szene arbeiten mußten. Und es sollte niemanden überraschen, daß jeder der Akteure endlich den Feierabend herbeisehnte. Der Chefkameramann Ingo Marschner hatte alle Hände voll zu tun. Seine Kameras funktionierten zwar wieder, doch irgend etwas verhinderte immer wieder, daß die Dinger vom Anfang bis zum Ende durchliefen. Erst mußten sie die Linse von Eis befreien (Wie sich das bei dieser Hitze bilden konnte, war für alle ein Rätsel und wird es auch für die meisten bleiben.), dann wieder brannte ein Film durch.

Friederike fand die ganze Sache irgendwie witzig. Sie amüsierte sich köstlich über die hektisch umherlaufenden Leute, die sich Wörter an den Kopf warfen, von denen sie bislang noch nie etwas gehört hatte. Das Mädchen saß allein in einer abgelegenen Ecke auf einem alten Faltstuhl und spielte mal mit ihrer Puppe Veronika, mal verfolgte sie nur halb interessiert das Geschehen. Johanna hatte gesagt, daß sie nur mal schnell auf die Toilette gehen wollte, doch das war schon über eine Stunde her. Es wurde ihr allmählich langweilig. Sie wollte endlich nach Hause. Sie rieb sich mit den Händen die Augen. Der Tag war lang gewesen, und Friederike sah man ihre Müdigkeit bereits an. Ungeduldig sprang sie nun vom Stuhl und lief einen langen, weiß bemalten Gang entlang, um ihre Stiefmutter dort zu suchen, wo sie hin wollte. Alle Toilettenkabinen waren leer.

»Johanna, bist du da?" Sie bekam ein beklemmendes Gefühl in den kalt wirkenden Räumen. Die Bilder der Vögel, auf den weißen Fliesen schienen sie anzustarren. Ihr Puls ging schneller, während sich ihre Atemfrequenz langsam erhöhte. Schritt für Schritt lief sie rückwärts, ohne sich umzudrehen. Das Mädchen merkte nicht einmal, wie sie an die Tür stieß. Die Furcht, die sie quälte, hatte nun den Punkt erreicht, wo sie hätte laut aufschreien wollen, doch die Stimme blieb ihr schier im Halse stecken. Ein kaum hörbares Rascheln schwoll an zu einem donnernden Poltern und drang von allen Seiten her auf Friederike ein. Sie versuchte zwar ihre Ohren mit beiden Händen zu schützen, aber das verfehlte seinen Zweck vollends.

»Nein! Papa! Ich will raus hier!" Sie riß an dem Türknauf, und die Tür flog angelweit auf. Friederike rannte los. Sie spürte fast körperlich, daß jemand sie verfolgte. Man konnte diesen Jemand zwar nicht sehen, aber daß etwas dort war, stand außer Zweifel. Plötzlich spürte sie, wie ihr Kopf gegen irgend etwas Weiches prallte.

»Na, willst du mich umrennen?" Johanna drohte böse mit dem Finger.

»Daß in geschlossenen Räumen nicht gelaufen wird, das hat dir wohl niemand beigebracht, oder? Ich habe dich überall gesucht. Wo hast du dich wieder rumgetrieben? Na warte, bis ich das deinem Vater erzähle, der wird dir schon die Ohren langziehn. Aber kräftig.«

Obwohl ihre Stiefmutter ihr einen Vortrag hielt, auf den sie gerne hätte verzichten können, freute Friederike sich, sie zu sehen. Sie konnte zwar Johanna nicht leider, aber sie war die einzige Person, außer ihrem Papa natürlich, der sie noch vertrauen konnte.

»Ich habe die ganze Zeit gewartet. Als du nicht gekommen bist, wollte ich sehen, wo du bleibst. Tut mir leid wenn ich dir Schwierigkeiten gemacht habe, das war keinesfalls meine Absicht.« Friederike mußte all ihren Charme aufbieten, um Johanna nicht wütend zu machen. Nicht daß ihr das sehr am Herzen lag. Woher denn. Jetzt wollte sie nur weg hier und das so schnell, wie möglich. Da käme eine Auseinandersetzung mit ihr recht ungelegen Sie setzte ihr nettestes Lächeln auf. Das verfehlte sogar noch nicht einmal bei Johanna seine Wirkung.

»Na ja, ist ja schon gut. Können wir jetzt endlich nach Hause gehen?«

„Ja, für heute bin ich fertig.“ Ohne noch ein weiteres Wort zu verlieren, verließen die beiden das Studio.

Es war mittlerweile weit nach Mitternacht. Die Uhrzeiger bewegten sich auf die drei zu, und der Mond leuchtete matt am erleuchteten Himmel über Babelsberg. Die Studios wirkten verlassen. Nur vereinzelt liefen Sicherheitsleute ihre Runde und kontrollierten mit starken Taschenlampen die einzelnen Gebäude. Im Büro von Arnold Rosenzweig brannte noch Licht. Er hatte bis spät in die Nacht zu tun gehabt. Dabei vergaß er offensichtlich auf die Uhr zu schauen.

»Was, schon so spät?« flüsterte er durch die wohltuende Stille des Raumes, der nur spärlich eingerichtet worden war. Außer einem alten braunen

Schreibtisch aus den Fünfzigern standen nur noch drei klapprige Stühle aus denselben Jahren und ein moderner Aktenschrank der mit Papieren überfüllt war. Nach Hause zu fahren brauchte er nun nicht mehr. In gut zwei Stunden begann der nächste Drehtag. Diesen lahmarschigen Müller allein auf dem Set filmen zu lassen, brachte er beim besten Willen nicht fertig. Wenn der so weiter machte, drehte er noch in einem Jahr an derselben Szene. Eines stand jedenfalls schon jetzt fest: Noch einmal würde er diesen Theo Müller nicht engagieren. Nicht einmal, wenn der Kerl gratis arbeiten würde.

Der Tag war ziemlich anstrengend gewesen. Arnold rieb seine Augen, die vor Müdigkeit schon ganz klein waren. Schlafen täte jetzt gut. Nichts weiter als ein langer, erfrischender Schlaf. Er nahm sich vor, es sich in seinem Sessel gemütlich zu machen. Nur eine Stunde ausruhen, das müßte reichen. Er schaffte es noch, seine Krawatte zu lockern und sich tiefer in sein Jackett zu graben, bevor er sichtlich erschöpft eindöste. Ein leises Klappern durchbrach die Ruhe. Der Blechschrank mit den Akten vibrierte. Die Schubladen öffneten sich langsam und leerten sich auf geheimnisvolle Weise. Papier flog auf den staubigen Holzfußboden und bedeckte ihn fast vollständig. Rosenzweig merkte von alledem recht wenig. Er döste schlummernd vor sich hin. Auch als ihm das Bild eines jungen Schauspielers vors schwitzende Gesicht flatterte, schien es ihn nicht gerade zu stören. Er stammelte einige unverständliche Worte und stieß es mit einer hastigen Handbewegung weit von sich, so daß es zwischen all den anderen Dokumenten landete. Wie sollte er auch wissen, daß das ein Fingerzeig von der anderen Seite war, der ein trauriges, aber letztendlich unvermeidliches Ereignis andeutete.

»Mein Angebot erhöhe ich um maximal zehn Prozent. Mehr kommt überhaupt nicht in Frage, Wagner.« Becker hob bestimmt den Kopf und ließ keinen Zweifel daran aufkommen, daß er in dieser Sache nicht bereit war nachzugeben. Seine blutunterlaufenen Augen deuteten wieder einmal auf eine durchzechte Nacht hin, wie sie mittlerweile in Friedrichs Leben zur Regel geworden war.

»Aber Herr Becker, die Stadt will mindestens eineinhalb Millionen mehr als wir ihnen hier anbieten. Und wenn Sie meine Meinung hören wollen, wir sollten sie denen auch zubilligen.« Sein Geschäftsführer, ein überaus fähiger Mann in Friedrichs Alter und doch schon mit beginnender Glatze, sah über seine dicke Lesebrille hinweg und legte seinem Chef seine Version des Kaufvertrages für ein Stück Bauland vor, das, am Heiligen See gelegen, ein außerordentlich gutes Geschäft versprach.

»Und wenn ich hinzufügen darf, das abgelaufene Geschäftsjahr war das profitabelste seit Gründung unsere Firma. Wir können uns also die geforderte Summe ohne weiteres leisten.«

»Das mag ja sein.« Becker blätterte flüchtig in den Papieren und schüttelte unwillig mit dem Kopf.

»Doch man sollte denen im Stadtrat nicht zu sehr entgegenkommen. Das wirkt sich schlecht auf die weitere Zusammenarbeit aus.«

»Wie meinen Sie das?«

»Ich erlebe das nicht zum ersten mal, daß die hoch pokern. Die versuchen jedes mal den größtmöglichen Gewinn aus der Sache zu ziehen. Das ist ja auch ihr gutes Recht. Am Ende aber geben sie schließlich_ nach und haben zum Schluß mehr bekommen, als das Objekt überhaupt an Wert hatte.«

»Vergessen Sie dabei nicht die Konkurrenz?«

»Die übersehe ich keinesfalls. Wir haben sechs Mitbewerber, davon können uns nur zwei wirklich gefährlich werden. Die anderen sind kleine Fische. Das soll jetzt nicht etwa überheblich klingen, vor nicht langer Zeit zählte ich auch noch zu den Kleinsten in der Branche und mit Überraschungen müssen wir allemal rechnen. Aber unser Hauptaugenmerk sollten wir auf Scheller legen. Die haben mir schon so manchen Handel vermasselt."

»Nun, deshalb schlage ich ja auch vor, den geforderten Preis zu zahlen.« Wagner versuchte seinen Chef in dessen Meinung zu beeinflussen, auch wenn er genau wußte, daß das unmöglich war.

»Nun, Sie können sich Ihre weiteren Überredungskünste für die Herren Stadträte aufheben. Ich bleibe dabei.

Mehr als dreihunderttausend Euro lege ich nicht zu. Punkt, aus.« Bei geschäftlichen Besprechungen, sowie bei einem Informationsaustausch wie jetzt blieb Becker meist hart. Er konnte sich keine Halbheiten erlauben die ihn nur außer Konzept brachten, das wäre für ihn als Unternehmer genauso schlimm wie für ihn als Privatmann. Er hatte große Angst davor, bei seiner Familie als Versager dazustehen, nicht fähig, seinen eigenen Weg gehen zu können und sich durchzusetzen. Daß er den Respekt seiner Angestellten sicher hatte, davon konnte er beruhigt ausgehen. Friedrich war hart im Umgang mit ihnen. Hart, aber gerecht? Nun, gerecht nur im begrenzten Rahmen, gerade so, wie seine Stimmung war, die ziemlich oft umschlug. Zuerst noch gut gelaunt, dann, von einer Minute zur anderen, entwickelte er sich zu einem richtigen Ekel. Wenn man seine fünfundzwanzig Leute fragen würde, ob sie ihren Chef haßten, würden zwanzig mit großer Wahrscheinlichkeit mit 'ja' antworten. Eine vernünftige Arbeit zu finden war schwer, aber eine gut bezahlte dagegen, war eine schiere Unmöglichkeit. Und Becker bot gleich beides an.

»Wie Sie meinen, aber ich kann Ihnen nicht versprechen, daß es klappen wird."

»Sie werden das schon machen, Wagner."

»Ihr Vertrauen ehrt mich, Herr Becker, ich werde mein Bestes tun."

»Nun , das hoffe ich für Sie." Wagner stand auf, und auf dem Weg zur Tür gingen ihm die verschiedensten Dinge durch den Kopf. Vor allem diese letzte Bemerkung seines Chefs, die ging ihm nicht aus dem Sinn. Wenn er den Handel vermasselte, konnte er sich schon nach einer neuen Stelle umsehen.

Friedrich Becker saß tief in seinem ledernen Sessel versunken und überlegte, ob er nicht lieber einen

Psychiater aufsuchen sollte. Dem Gespräch mit Wagner war er nur teilweise gefolgt. Ihm schwirrte noch die Szene im Badezimmer durch den Kopf. Sein Verstand sagte ihm, daß es sich ganz einfach um Sinnestäuschungen handelte. Doch Halluzinationen verursachen keine Rückenschmerzen. Friedrich reckte sich ein bißchen, und fast unmittelbar darauf durchzog ein stechender Schmerz seine Wirbelsäule.

»Himmel tut das weh!" Nein, eine Einbildung war das keinesfalls, eher eine Geistererscheinung. Doch daran wollte Friedrich, nein, konnte der junge Mann nicht glauben. Du hast ja selber ein halbes Dutzend Bücher zu diesem Thema gelesen. War denn alles, was darin stan: nur reiner Unsinn? Sicher nicht. Diese Kälte, die er spürte. Genau, wie in den Büchern beschrieben. Gegenstände, die wie aus dem Nichts auftauchen und eine vor die Füße flogen. Friedrich dachte darüber nach, ob es in seiner Vergangenheit Vorfälle ähnlicher Art gegeben hatte. Wenn es welche gegeben hatte, so konnte er sich beim besten Willen nicht mehr daran erinnern. Da mußte doch etwas an diesem paranormalen Phänomenen dran sein. Vielleicht sollte er über diese Angelegenheit mit einem Parapsychologen reden. Die Idee verwarf Becker gleich im selben Moment wieder. Der würde das Problem gleich an Ort und Stelle betrachten wollen, und das wiederum mochte er überhaupt nicht. Mag sein, daß das ziemlich albern war. Doch zu Hause wollte er seine Ruhe haben. Kein Alltagsstreß, keine fremden Leute, die sich nur in Dinge einmischten, von denen sie lieber die Hände lassen sollten. Nun, sind denn diese

Erscheinungen nicht auch etwas Fremdes? Und was, wenn diese Merkwürdigkeit seiner Frau und seiner Tochter etwas antut? Friedrich biß sich auf seine trockenen Lippen. So schlimm war es auch wieder nicht, denn bis jetzt war doch den beiden nichts passiert. Das Feuer! Der Brand in Friederikes Zimmer. Wie hatte er das nur übersehen können? Damals war er angetrunken gewesen, und wenn man da nicht alles mitbekommt, ist es klar, aber er war sich ganz sicher, daß er nicht geraucht hatte. Ganz sicher. Aber was hat denn sonst das Plüschtier entzündet? Es war doch außer ihm selbst und seiner Tochter niemand in dem Zimmer. Das ist doch zum Verrückt werden. Er fuhr nervös durch sein kurzes aschblondes Haar und trat unwillig gegen seinen Schreibtisch, als ob der an allem schuld wäre.

Friedrich hatte ja auch noch etwas über Selbstentzündung gelesen, das traf jedoch nur auf spezielle Menschen zu. Die vielen Faktoren aufzuzählen, die zur Selbstentzündung hätten führen können, hielt er für sinnlos. Selbst eine defekte elektrische Leitung, die noch am ehesten Auslöser hätte sein können, kam nicht in Betracht. Das wurde nämlich gleich als erstes überprüft, und ein Fehler konnte nicht gefunden werden. Ganz gleich wie oft und wie lange man darüber nachgrübelte, am Ende entglitt alles einem tieferen Sinn. Die Angst, daß so etwas noch einmal passieren könnte, war geblieben. Nur nicht mehr so stark wie kurz nach dem Zwischenfall, als Friederike zwei Wochen lang bei ihm und seiner Frau schlief.

»Herr Becker?« Die weibliche Stimme aus dem Lautsprecher klang freundlich.

»Ja, Maria, was ist denn?« Friedrichs Stimmung war gereizt. Er mochte es nicht, wenn man ihn in seinen Gedanken störte.

»Ich wollte Sie nur daran erinnern, daß Sie in zehn Minuten ein wichtiges Gespräch mit einem Kunden haben.« Die Sekretärin war die Launen ihres Chefs gewohnt und wußte, daß er eigentlich ein ganz netter Mann war. Deshalb machte sie sich nichts daraus, daß er so abweisend reagierte.

»Und mit wem?«

»Mit Jonas Gärtner.«

»Ach ja, der. Ist er schon da?« »Er wartet im Konferenzraum.«

»Ich komme sofort, danke!« Friedrich fühlte sich nicht wohl. Vielleicht sollte er die nächsten Tage frei nehmen und sich ein bißchen ausruhen. Nötig hätte er es allemal. Sein letzter Urlaub lag schon Jahre zurück. Genau daran erinnern konnte er sich ohnehin nicht mehr. Er suchte nach den Papieren, fand aber zunächst keine.

»Das ist ja zum Verrückt werden«, murmelte Becker. Seine Hektik steigerte sich immer mehr.« Ruhig bleiben, mein Junge.« Das schien zu helfen, denn wenige Augenblicke später hatte er sie gefunden und atmete erleichtert auf. Ein Blick auf die Armbanduhr verriet ihm, daß er auch heute nicht pünktlich zum Abendessen zu Hause sein würde. Dabei hatte er es Johanna versprochen. Nun, versprochen nicht, aber fest zugesichert schon. Wenn er sich beeilte, kam er vielleicht nicht allzu spät.

»Maria, rufen Sie bitte meine Frau an, und sagen Sie ihr, daß ich noch zu tun habe.«

Friedrich zog seine Krawatte gerade und knöpfte das geöffnete Jackett zu.

»Und daß ich um halb neun ganz bestimmt zu Hause sein werde.«

»Herr Becker, es geht mich zwar nichts an, aber Sie sollten sich mehr Zeit für Ihre Familie nehmen. Sie haben doch einen Geschäftsführer, den Sie extra dafür eingestellt haben.« Maria Dehler, eine kleine Frau Anfang vierzig, mit kurzen roten Haaren und goldumrandeter Lesebrille, arbeitete schon seit ziemlich genau zehn Jahren als Sekretärin bei Becker Immobilien. Sie kannte Friedrich Becker gut. Er war ein Mann, den man leicht durchschauen konnte. Und sie hatte es unzählige Male erlebt wie er sie darum bat, seine Frau anzurufen und ihr sagen, daß er erst später kommen würde.

»Ja, es geht Sie nichts an, Maria. Aber wissen Sie, was? Sie haben recht. Ich glaube, meine Tochter weiß nicht mehr, wie ich aussehe und Johanna erst. Es kann nicht schaden, wenn ich ein paar Tage frei mache. Schon schaltete er die Telefonanlage aus, packte noch paar wichtige Akten ein, und verließ sein Büro. Auf einmal hatte er es furchtbar eilig. Friedrich sah trotzdem bedeutungsvoll auf einen Kaffeefleck, der von der weißen Bluse seiner Sekretärin einem direkt ins Auge fiel. Der Dehler war das sichtlich unangenehm, die Bluse hatte sie sich erst vor kurzem gekauft und gleich heute morgen, als sie sie das erste Mal trug, verschüttete sie die verdammte Tasse Kaffee, die für ihren Chef bestimmt war.

»Und bringen Sie Ihrer Frau mal wieder Blumen mit. Sie wird sich sicher darüber freuen.« Becker lächelte sie an. Er wußte, daß sie nur von der kleinen Peinlichkeit ablenken wollte. Sie errötete leicht.

»Bestellen Sie für morgen einen Strauß. Und vergessen Sie nicht, das Beste ist gerade gut genug.«

»Ich weiß! Wird sofort erledigt.“

»Ist Herr Wagner noch im Haus?« Die Frage hätte er sich eigentlich auch sparen können. Denn sein erster Mann verließ seinen Schreibtisch nicht viel später, als er selbst es tat. Das lag auch sicher daran, daß er ihn nach Leistung bezahlte. Wenn er nicht dafür sorgen konnte, daß die Firma einen gesunden Profit abwarf, dann bekam er eben nur seinen Grundlohn. Und der betrug sogar noch etwas weniger als der seiner Sekretärin.

»Ja, er ist oben in seinem Büro.«

»Gut, dann soll er mit Gärtner sprechen.« Beckers Hände zitterten leicht, und der Drang nach einem kräftigen Schluck Alkohol wurde immer stärker. Manchmal hielt er es ohne zu trinken ein bis zwei Tage aus. Aber keine Stunde mehr. Das Zittern seiner Hände war dann schier unerträglich. Auch sein klares Denkvermögen wurde dann so stark beeinflußt, daß er nur noch eine Flasche Wodka im Kopf hatte. Er wurde gereizt, vergaß dann die Gefühle der anderen und dachte nur an sich selbst, daran, wie er seine Sucht befriedigen konnte.

»Einen schönen Abend wünsche ich noch!« Friedrich hörte nur noch im Hinterkopf, daß Maria ihm dasselbe wünschte. Er war schon auf dem Weg zum Fahrstuhl. Es war wieder soweit. Er mußte so schnell wie möglich zu Schnaps kommen. Der Flachmann, den er immer als Notreserve in der Innentasche seiner Jacke aufbewahrte, war schon seit Stunden leer, und er hatte vergessen, ihn wieder aufzufüllen. Der harte Druck der leeren Flasche bereitete ihm Unbehagen. Ihm wäre es lieber gewesen, wenn er noch ein kleines bißchen für später aufgehoben hätte.

Der Lift ließ lange auf sich warten. Für Friedrich schien es, als brauchte er eine halbe Ewigkeit. Als wenn das Gebäude nicht fünf, sondern mehr als vierzig Stockwerke besaß, und das in seinem Zustand. Die Hände zitterten nun noch mehr. In seinem Gesicht brannte ein dunkles Rot, und die Lippen wurden blau. So gesehen glich Becker mehr einem buntbemalten Clown als einem seriösen Geschäftsmann.

»Na endlich.« Die Fahrstuhltür öffnete sich, und in der darauf folgenden Fahrt nach unten, versuchte er krampfhaft, den letzten Tropfen aus seiner Flasche herauszupressen. Wenn er wenigstens an etwas anderes denken könnte außer an diesen verdammten Alkohol. »Denk doch zum Beispiel an die Visionen, die du schon gehabt hast. Damals im Badezimmer, als du, festgefroren wie ein Eiszapfen, dich nicht mehr von der Stelle rühren konntest und diese häßliche alte Frau im Spiegel mit dir gesprochen hat. Damals hattest du dir geschworen, nie wieder ein Glas Alkohol anzurühren. Ja, man sollte niemals nie sagen.« Wenigstens nicht mehr so viel in sich hineinschütten. Das wäre zwar kein großer, aber immerhin ein wichtiger Schritt, auf den sich's aufbauen ließe. Du solltest nicht immer zu viele Eigenreden schwingen. sondern endlich was dafür tun. Wenn du unbedingt mit dem Trinken aufhören wolltest, dann hättest du es längst schon gemacht.« Im Willen liegt die geheime Kraft verborgen, die die Menschen dazu veranlaßt. Dinge zu tun, die sie sonst nicht zustande brächten. Was nützt es einem jungen Mann wie Becker, der einen durchtrainierten, gesunden Körper hat, wenn er beim Thema Alkohol gleich aus dem Gleichgewicht gerät und seinen Willen nicht unter Kontrolle hat?

Friedrich hob überrascht den Kopf. Ohne, daß er es überhaupt wahrgenommen hatte, stand er bereits vor dem Spirituosenladen, gleich um die Ecke und hatte eine in einer Tüte verstaute Flasche Korn in der Hand. Er konnte sich nicht erinnern, wie er in das Geschäft gekommen war. So weit war es schon mit ihm gekommen, daß er nicht wußte, wo er überhaupt hinging. Das Jackett halb geöffnet und den Schlips ganz gelockert, besah er sich in der Spiegelung des Schaufensters. Er sah nichts weiter, als einen heruntergekommenen Mann, der nahe dran war, auf die Schattenseite des Lebens hinabzugleiten.

War er wirklich der Kerl, den er in diesem Spiegelbild sah? Himmel, wenn er das tatsächlich war, dann mußte er sich schnell etwas einfallen lassen. Hatte er denn keinen Funken Anstand mehr? Als eine innere Stimme ihn bei seinem Ehrgefühl packen wollte, sagte er nur: »Ehre, was ist das?« Er lächelte müde und dachte nicht einmal daran, daß er heute früher als sonst nach Hause gehen wollte. Das letzte bißchen Aufbegehren seines inneren Selbst, zerplatzte wie eine zu groß geratene Seifenblase.

»Scheiß drauf !« Das war das einzige, was er noch zu diesem Thema zu sagen hatte. Er nahm einen kräftigen Schluck aus der Flasche. Der brennende Alkohol beruhigte seine flatternden Nerven zusehends. Daß die Leute, die an ihm vorbeigingen, ihn anstarrten und mit ihren Köpfen schüttelten, interessierte ihn herzlich wenig. Hauptsache, er fühlte sich gut.

Johanna war auf dem Sofa eingenickt und fuhr wie aufgescheucht hoch. Mit verschlafenen Augen sah sie auf die Wohnzimmeruhr, deren gemütliches Ticktack sie ein wenig beruhigte. Es war null Uhr achtunddreißig. Auf dem Tisch stand noch als einziges Friedrichs Abendessengedeck. Sie und Friederike hatten schon vor Stunden gegessen. Während ihre Stieftochter enttäuscht ins Bett ging, sie hatte ihren Vater in den letzten Tagen fast gar nicht gesehen, wartete Johanna noch immer auf ihren Ehemann. Seine Sekretärin hatte zwar angerufen und gesagt, daß Friedrich schon unterwegs sei, doch hier angekommen war er noch nicht.

Sie konnte sich nicht entscheiden, welche Angewohnheit dümmer war, die, daß er zuviel trank, oder die, daß er sturz betrunken noch mit dem Auto fuhr.

Auf jeden Fall waren es diese beiden Sachen, die ihr das Leben zur Hölle machten. Das Schloß der Haustür knackte in sich, und als die Tür wieder in dasselbe zurückfiel, atmete Johanna erleichtert auf. Zwar nur für einen Augenblick, aber froh, daß er endlich da war.

»Wie siehst du denn aus?« Die junge Frau war erschrocken über das Aussehen ihres Mannes. Jacke und Hose zerrissen, und total mit Schmutz beschmiert.

Seine Hände hatten einige Schürfwunden. an denen das Blut schon getrocknet war. Auch das rechte Knie war in Mitleidenschaft gezogen worden, zwar nicht so schlimm wie seine Nase, dessen Spitze die verschiedensten Farbtöne aufwies.

»Hattest du einen Unfall?« Aus Johannas Stimme klang tiefe Besorgnis. Die Wunden mußten sofort gereinigt und verbunden werden. Sie zog ihrem lallenden Mann, der sich auf das Sofa fallen ließ, den Anzug aus.

»Ich habe dir doch dutzende Male gesagt, daß du nicht mit dem Auto fahren sollst, wenn du getrunken hast.«

»Gelaufen, ich bin den ganzen Weg gelaufen. Autsch, tut weh!«

Friedrich zuckte zusammen, als Johanna ihn an den Händen faßte.

»Ja, ja. Jammer nur! Es schadet dir gar nichts. Warur: mußt du dich betrinken? Es hat dich ja niemand darum gebeten.«

Becker sah ihr nach, als sie in der Küche verschwand und einige Sekunden später mit dem Verbandskasten wiederkam. Sie war nur unklar zu erkennen. Manchmal sah er ihr Gesicht auch nur doppelt. Alles drehte sich um ihn. Übelkeit stieg in ihm hoch. Daß er sich dennoch nicht übergeben mußte, veranlaßte einzig die Tatsache, daß er seiner Frau nicht noch mehr Scherereien machen wollte.

»Tut mir leid, Johanna.«

»Das ganze Ende bis hierher bist du zu Fuß gegangen?« Die junge Frau war jetzt versöhnlicher gestimmt Da es Friedrich scheinbar wirklich leid tat. Es waren immerhin etliche Kilometer bis zu seinem Büro, und daß er sich nicht mit einer Autofahrt in Gefahr brachte, konnte als Zeichen dafür gewertet werden, daß er vielleicht doch gewillt war, sich zu bessern.

»Ja.«

»Und wie ist das hier passiert?« Sie wies mit dem Kopf auf seine Nase, während sie sein lädiertes Knie verband »Es ist dunkel da draußen, und auf einmal stand die Straße auf und schlug mir direkt ins Gesicht.« Friedrich verzog bei dieser schmerzlichen Erinnerung sein schmutziges Gesicht.

»Ach ja. Ziemlich brutal. Der Asphalt ist auch nicht mehr das, was er früher einmal war.« Johanna konnte sich nur mit Mühe das Lachen verkneifen. Aber sie schaffte es trotzdem. »Genau. Nächstes Mal nehme ich ein Taxi."

»Wenn du die Zeit bis dahin gut überstehst.. Sie dachte: »Idiot, eines Tages werde ich deine Reste im Leichenschauhaus identifizieren müssen.« Sie hatte das alles so satt. Doch sie liebte diesen Mann. Trotz seiner vielen Fehler. Er konnte so zärtlich und liebevoll sein, daß es einem schwerfiel zu glauben, daß ein notorischer Trinker in ihm steckte, der des öfteren im Rausch die Inneneinrichtung demolierte, im Glauben, er müsse Holz für den Kamin machen. Dabei brannte die Sonne in den letzten Wochen so stark wie lange nicht.

»Das hoffe ich doch!« Friedrich hatte kaum das letzte Wort zu Ende gesprochen, da war er bereits eingeschlafen. Er schniefte durch die arg in Mitleidenschaft gezogene Nase, drehte sich auf die rechte Seite und bekam dadurch seine Atmung besser in den Griff.

»Schlaf dich erst mal aus, mein Lieber. Morgen früh gehst du zum Arzt, da werden wir ja sehen, ob nun mehr als nur dein Verstand unter dem Sturz gelitten hat. Für mich wird's auch Zeit, endlich ins Bett zu kommen.« Sie deckte noch sorgfältig ihren Mann zu und ging ins Schlafzimmer, wo sie nur wenige Minuten wach blieb.

Friedrich ging es am Morgen danach einfach gräßlich. In seinem Kopf hämmerte der Schmerz mit unerbittlicher Härte, und jeder noch so kleine Laut verursachte in seinem Schädel regelrechte Qualen. Der verdammte Köter der Nachbarn bellte wieder seit einer halben Ewigkeit und tötete dadurch den letzten gesunden Nerv, den er besaß. In diesen Situationen, und es gab schon einige davon, stellte er sich vor, wie er der Töle eins mit einem Knüppel über die Nase zog. Dabei dachte er an seine eigene, die noch immer ziemlich wehtat. Er hatte diesen Bertram schon des öfteren gebeten, dafür zu sorgen, daß sein Hund wenigstens am frühen Morgen Ruhe hält. Er konnte es einfach nicht leiden, wenn so früh am Tage jemand so viel Lärm macht. Und immer wenn er daran einen Gedanken verschwendete, schien es, als bellte der Hund immer lauter.

»Schnauze, du mieser Kläffer!« Wieder durchzuckte ein brutaler Schmerz seinen Kopf.

»Deine eigene Schuld. Was säufst du denn auch so viel. Es hat dich ja niemand gezwungen.« Ja, alles schön und gut, aber anders ist dieser Streß im Büro doch nicht zu ertragen. Ist es denn überhaupt notwendig, sich durch dieses Unmaß an Arbeit das ganze Leben kaputtzumachen? Becker kratzte sich an seinem frisch rasierten Kinn und kam zu dem Schluß, daß seine Familie finanziell abgesichert sein mußte. Für den Fall der Fälle. Er konnte jederzeit das Zeitliche segnen. Er fuhr betrunken Auto. Ein Zusammenstoß und aus war's. Oder ein Herzinfarkt. Bei seinem Arbeitspensum, seinem Zigarettenkonsum und seinem ausgiebigen Alkoholgenuß. mehr als wahrscheinlich. Endlich war Ruhe eingekehrt Der Hund hatte aufgehört zu bellen. Für Beckers arg strapazierte Nerven eine Wohltat.

Er war allein im Haus, das Kind war in der Schule, und Johanna hatte noch Besorgungen in der Stadt zu machen. Vor ihm stand ein Bier auch schon am Vormittag sein Lieblingsgetränk. Der Aschenbecher zu seiner Rechten, wimmelte nur so von Zigarettenkippen.

»Schon wieder alle. Das gibt's doch nicht.« Seine fahrigen Hände tasteten nach einer neuen Packung Zigaretten die er immer im obersten Fach des Küchenschrankes aufbewahrte.

»Das ist die letzte. Wenn die alle sind, dann ist es für heute genug.« Das sagte er ständig, doch er wußte, daß er nachher wieder zu einem Zigarettenautomaten laufen würde, um sich Nachschub für die nächsten Stunden zu holen.

»Verdammt noch mal, bleib doch endlich ruhig!" Es war nicht leicht, das Feuerzeug ruhig zu halten. Geschweige denn den Glimmstengel, der zwischen den gelb verfärbten Mittelfingern auf und ab bewegte und sich der kleinen Flamme entzog. Wieder erscholl das nervende Gebell des Nachbarhundes.

»Ach Scheiße noch mal. Wie ich diesen verkommenen Köter hasse, das glaubt mir keiner.« Becker spürte, wie sich das Blut in seinem Kopf sammelte und sein Gesicht sich rot verfärbte. Die Zigarette landete unangezündet im Aschenbecher. Als ob sie an dem Lärm schuld war. Der nächste Versuch, sich eine anzuzünden, klappte jedoch diesmal gleich auf Anhieb. Er sog den Rauch in vollen Zügen ein.

Seine Nerven beruhigten sich etwas, nicht viel, aber immerhin so viel, daß er wieder einen normalen Gedanken fassen konnte. Er mußte diesen Bertram anrufen und diesem Kerl klarmachen, daß das so nicht weitergehen könnte, sonst würde er. .. Würde er was? Die Polizei rufen? Lächerlich. Die imponierte seinem Nachbarn recht wenig. Selbst ist der Mann. In der Abstellkammer stand eine Schaufel. »Geh rüber und zeig, daß du dir nicht auf der Nase herumtanzen lassen wirst. Von niemandem.« Als er sich wieder vom Stuhl erheben wollte, um sich die Schaufel zu holen, loderte wie eine Stichflamme der Schmerz in seinem Kopf wieder auf.

Am besten, du legst dich gleich wieder hin und schläfst noch eine Weile. Er konnte eine Aspirin schlucken. Doch er mochte keine Medikamente. Auch wenn sie noch so helfen konnten. Diese Dinger und ihre

Nebenwirkungen. Da sieht man ja gar nicht mehr durch. Schlafen ist und bleibt die beste Medizin. Aber vorher mußte er noch etwas erledigen. »Scheiß auf den pochenden Schädel. Wenn du diesem Hund eine verpaßt hast, dann kannst du so lange schlafen, wie du willst und das in aller Ruhe.« Bei diesem Gedanken leuchteten seine blauen Augen. »Keine Störung und keinen Ärger mit so einem lauten Tier. Am besten, man beseitigte gleich sein Herrchen mit ihm. Dann wäre auch dieses Problem gelöst.«

Becker erschrak. Er dachte daran, einen Menschen zu töten. Das war bei ihm zwar nichts Ungewöhnliches, bei seinem Arbeitseifer geriet er des öfteren an uneinsichtige Geschäftspartner, die er am liebsten gleich um die Ecke bringen würde, doch das war ihm bisher mehr als Scherz vorgekommen. Jetzt ertappte er sich dabei, wie er schon die ersten Pläne schmiedete: die Vorbereitung, die Ausführung und das Verwischen der Spuren. Er dachte an das perfekte Verbrechen. Keine Leiche, keine Zeugen, keine Motive. Nichts, was auf einen kaltblütigen Mord hindeutete. Friedrich schüttelte energisch den Kopf. Den Schmerz, der sich dadurch wieder ausbreitete, ignorierte er. Es gab jetzt Wichtigeres, als sich in einem fort selbst leid zu tun. Der Schweiß lief in Strömen. Sein frisches Shirt klebte an seinem Körper und auch seine Jeans machte sich unangenehm bemerkbar. Die Augen brannten, und nur durch einen halb durchsichtigen Schleier konnte er seine Umgebung erkennen. Er wischte mit einem Taschentuch die Augenhöhlen aus. Konnte er wirklich einen perfekten Mord begehen? Alles eine Frage des

Willens. Mit dem konnte man bekanntlich ganze Berge versetzen. Beckers Gedanken drehten sich jetzt hauptsächlich um dieses Vorhaben. Er nahm sein Bier, verließ die Küche und setzte sich auf die Wohnzimmercouch. Dieses Zimmer lag im anderen Teil des Hauses, der am Morgen nicht von der Sonne beschienen wurde. Es war hier angenehm kühl. Nicht so stickig warm wie vorhin in der Küche.

Am Nachmittag würde es genau andersherum sein und das Wohnzimmer glich fast einer Sauna. Natürlich besaßen sie eine Klimaanlage. Aber die war seit einer Woche kaputt. Das hatte Friedrich tatsächlich vergessen, obwohl Johanna ihn täglich daran erinnerte und er selbst nicht wenig unter dieser Hitze litt. In seinem Büro war ja alles in Ordnung, und wenn er spät abends nach Hause kam, dachte er auch nicht mehr daran. Schließlich hatte sich die Temperatur auf ein angenehmes Maß eingependelt. Nun wurde es aber höchste Zeit, sich der Sache anzunehmen. Er wählte die Nummer des Reparaturdienstes, dessen Service er schon des öfteren in Anspruch genommen hatte. Der junge Mann kannte sie auswendig. Er konnte fast alle wichtigen Telefonnummern auswendig. Ziemlich ungewöhnlich in einer Zeit, in der die Menschen den Kopf mit ganz anderen Dingen voll hatten, als sich Telefonnummern zu merken. Aber für den jungen Mann war das gar nicht so schwer. Er sah sie sich nur einmal an, und schon waren sie fest in seinem Gedächtnis eingeprägt. Wäre das bei allen Dinge so, dann hätte er bestimmt schon längst dafür gesorgt, daß die Klimaanlage jetzt tadellos funktionierte.

Am anderen Ende der Leitung hob nach nur zweimal Läuten jemand den Hörer ab. Er hatte Glück, es war der Meister selbst und nicht einer seiner Leute, die einen sofort abwimmelten, nur um einen ruhigen Tag zu verleben.

»Ja, hier ist Friedrich Becker. Ich habe da ein kleines Problem mit meiner Klimaanlage.«

»Da sind Sie nicht der einzige, Herr Becker. Es ist schon komisch. Die Leute wissen, daß etwas mit den Dingern nicht stimmt und warten erst, bis eine starke Hitzewelle kommt, bis sie einen Mechaniker rufen.« Der Mann am anderen Ende hustete leicht, und man konnte seine Verärgerung darüber aus seiner Stimme heraushören.

»Sie haben ja recht. Aber was soll ich denn machen? Diese Hitze bringt einen noch um.«

"Wem sagen Sie das.« Der Meister verstummte für einige Sekunden. Friedrich war sich sicher, daß er in seinem Terminplaner nach einer passenden Zeit suchte.

»Nun gut. Ich kann frühestens Freitag jemanden schicken. Vorher ist es vollkommen unmöglich.«

»Freitag? So lange kann ich nicht warten! Ich habe Frau und Kind, das können Sie uns nicht antun. Wie wär's mit heute?«

»Heute geht es auf keinen Fall. Auch wenn Sie mir fünfhundert zusätzlich zahlen.«

Da war es wieder. Jedes mal dasselbe. Ständig versuchten die, einem das Geld aus der Tasche zu ziehen. Aber das eine Mal gehe ich darauf ein, nur noch heute. »Gut, ein Tausender. Kommen sie aber dafür gleich.«

»Das habe ich glatt übersehen. Da ist ja noch etwas frei. In drei Stunden bin ich da.«

»Gut, ich werde es doch tun!« Das kam Friedrich ungewollt über die Lippen.

»Was werden Sie tun?« Der Meister klang nicht wenig überrascht.

"Wie bitte?« Friedrich war mit seinen Gedanken wieder bei seinem Vorhaben und ein bißchen irritiert über sich selbst.

»Sie haben gesagt. Ich werde es doch tun.«

»Entschuldigung, ich war wieder bei einer ganz anderen Sache. Das hat nichts mit Ihnen zu tun.« Wenn er nicht sein Mundwerk unter Kontrolle bekam, dann ging bestimmt noch etwas schief. Er legte schnell den Hörer auf. Wer weiß, was er sonst so alles ausgeplaudert hätte. Der Griff zur Flasche Bier kam fast automatisch. Seine Hände zitterten wieder, als er in einem Zug den Rest des Inhalts austrank. Das tat ihm gut. Er fühlte sich ein bißchen besser als heute früh beim Aufstehen. Die Kopfschmerzen waren zwar noch schier unerträglich, aber seine Wunden, die er sich gestern zugezogen hatte, taten nicht mehr so sehr weh. Die Wohnzimmeruhr, die er vor ewigen Zeiten in einem Antiquitätenladen entdeckt und sofort gekauft hatte, schlug bereits elf Uhr. Sie war zwar uralt, aber dafür noch gut erhalten. Trotzdem hatte er seiner Meinung nach zu viel für dieses gute Stück bezahlt. Dieser Halsabschneider von Verkäufer mußte irgendwie gemerkt haben, daß er sie unbedingt wollte. Wie dem auch sei. Jeder Schlag dieser Uhr schien aus der Hölle zu kommen. Sein Schädel schien zu zerplatzen. Er hielt ihn mit beiden Händen fest, als ob es was nutzen würde. Zum Glück hatte alles mal ein Ende. Mit dem letzten Schlag verschwand auch das Trommeln in seinem Gehirn.

»Gott sei Dank.« Die Stille wirkte entspannend, ja richtig erholsam.

»TU ES!« Diese Aufforderung seiner inneren Stimme war resolut und duldete keinen Widerspruch. Nein. wenn er diesem widerlichen Kerl in sich selbst klein beigab, würde er ein Verbrechen begehen. Wie sollte er mit der Schuld umgehen, die er sich damit auf seine Schultern legte? Konnte er sich dann überhaupt noch im Spiegel betrachten, geschweige denn seiner Familie in die Augen schauen?

Friedrich fühlte sich nie zu einer bestimmten Religion hingezogen. Doch er glaubte an ein göttliches Überwesen, das mit Hilfe seiner Engel die ganze Welt am Laufen hielt.

»Oh Herr, ich weiß, daß es dich gibt, und ich weiß auch, daß ich einen Schutzengel habe. Bitte sende ihn auf die Erde hinab, um mir bei dieser Versuchung beizustehen. Ich fühle mich schwach, und ich glaube nicht. daß mein Wille ausreicht, um eine Schandtat zu verhindern. So wie er sich in diesem Moment fühlte, so sah er auch aus. Von oben bis unten in Schweiß gebadet, sah er an die Wohnzimmerdecke, als ob sich wirklich jeden Augenblick was ereignen würde.

»Hallo Papa!" Becker fuhr wie vom Blitz getroffen herum und wunderte sich nicht wenig, seine Tochter hier zu sehen. Die Schule war erst gegen zwei zu Ende und bis jetzt hatte sie Johanna immer von dort mit dem Auto abgeholt.

»Hallo Friederike! Warum bist du jetzt schon zu Hause?« Friedrich setzte sich auf den Sessel, der ihm am nächsten stand.

»Unser Englischlehrer ist krank geworden, da hat uns der Direktor nach Hause geschickt. Die Mutter von Eva hat mich mitgenommen.«

Sie warf ihre Schultasche auf das Sofa und lief sofort in die Küche, von wo sie nur wenig später mit einem Glas Orangensaft zurückkehrte. Friedrich schmunzelte. Er war immer wieder erstaunt, daß Kinder mit dieser verdammten Hitze so gut zurechtkamen. Friederikes weißes Sommerkleid hatte nicht die Spur eines durchgeschwitzten Stoffes an sich. Nicht einmal die hüftlangen blonden Haare waren vom Schweiß durchnetzt.

»Es ist so warm hier. Ist die Klimaanlage immer noch kaputt?« Friederike ließ sich neben ihre Tasche auf das Sofa fallen und nippte genüßlich an ihrem kalten Getränk.

»Nachher kommt jemand und sieht sich das an.« Obwohl ihm die hohen Temperaturen noch immer stark zu schaffen machten, fühlte er sich jetzt wohler. Sein Verstand arbeitete nun klarer. Die Kopfschmerzen, die ihn den ganzen Vormittag genervt hatten, waren wie weggeblasen.

»Na, wie war es in der Schule?«

»Eher langweilig. Dafür haben wir eine Menge Hausaufgaben aufbekommen. In Mathematik und

Geschichte.« Die Kleine verzog das Gesicht, als sie die beiden Fächer nannte. Kein Wunder, denn sie mochte diese Schulfächer nicht.

Friedrich konnte sie gut verstehen, bei ihm war es damals nicht anders. An der Haustür läutete es. Die schon im Abklingen gewesenen Kopfschmerzen stachen wieder zu.

»Ich geh schon hin!« Ehe Becker sich aufraffen konnte, sprang seine Tochter hoch und war im Nu verschwunden. Er konnte nur bewundernd mit dem Kopf schütteln. Daß ihm nicht gut war, war schlimm genug, aber daß er seine bleiernen Knochen nicht hoch bekam, das war geradezu beschämend.

»Papa! Es ist ein Bote!« Ihre Stimme schallte klar und deutlich durch das Haus.

»Ein Bote?« Friedrich wußte im ersten Augenblick gar nicht, was er...? Na klar, die Blumen! Wie konnte er das nur vergessen.

Für seine Frau Blumen. Oder sollte er sie gleich für Bertrams Beerdigung nehmen? Er stand auf und grübelte. Seine Beine gehorchten ihm nur widerwillig. Ohne auch nur ein Wort von dem wahrzunehmen, was der junge Mann sprach, vielleicht ein Student, der sich ein paar Euro in seiner Freizeit verdienen wollte, quittierte er den Empfang.

„Nimm die Schaufel und bring es endlich hinter dir! Es kann doch wirklich nicht so schwer sein.« Beckers innere Stimme nervte ihn allmählich. War er denn nah daran, vollkommen verrückt zu werden?

Er seufzte laut, reichte dem Jungen einen Fünfer Trinkgeld und kam zu dem Schluß, daß er sich intensiver mit irgend etwas beschäftigen mußte, sonst würde er sich demnächst in einer Nervenheilanstalt wiederfinden. »Wenn du bist dahin wartest, sind die Blumen auch schon vertrocknet. Genauso wie dein vom Alkohol verdorbenes Gehirn. Na, so schlimm ist es auch wieder nicht.« Während Friedrich in die Küche ging und in der erstbesten Vase, die er fand, Wasser einließ, stellte er zufrieden fest, daß es die wohl schönsten Blumen waren die er je gesehen hatte.

»Die sind wirklich hübsch.« Friedrich hob die kleine Friederike, die schon die ganze Zeit neben ihm gestanden hatte auf den Küchentisch.

Das Lächeln war von ihren Mundwinkeln noch nicht verschwunden, da schreckte ein ohrenbetäubendes Kreischen sie auf. Im ersten Moment wußte keiner von beiden, von wem es stammte. Es klang herzzerreißend und fuhr einem direkt in die Glieder. Plötzlich fiel es Becker wie Schuppen von den Augen. Es konnte sich nur um Franz, den schwarzen Schäferhund seines Nachbarn. handeln. Von Neugier gepackt, lief er zum Fenster. Zuerst sah er nichts, nur die stets gut geschnittene Hecke Bertrams, die dieser mit aller Liebe pflegte. Aber an der Stelle, wo sie an seine eigene Garage grenzte, bewegten sich die Zweige. Die dunkelgrünen Blätter raschelten geräuschvoll. Er hörte es bis zu seinem Standpunkt. Auch das unangenehm klingende röchelnde Atmen kam bis zu ihm durch.

Friedrich hatte vollends genug, an das Gebell hatte er sich mittlerweile fast gewöhnt, auch wenn er an diesem Morgen etwas anderes gedacht hatte, aber daß sich Franz nun durch die Hecke grub, die die beiden

Grundstücke voneinander trennte, setzte dem Ganzen dann doch die Krone auf. Er lief schnellen Schrittes an Friederike vorbei, die ihn nur leicht verwirrt ansah und riß den Telefonhörer vom Apparat neben der Tür. Doch das einzige, was er nach dem Wählen der Nummer hörte, war dieses widerliche Besetztzeichen.

»Scheiße, muß dieser Idiot gerade jetzt telefonieren.« Friedrich legte den Hörer wieder auf und wartete unendlich lange Sekunden. Friederike sagte immer noch nichts. Sie sah ängstlich aus.

»Hab keine Angst, mein Kleines, es ist nichts Schlimmes.« Sie erwiderte sein kurzes Lächeln.

»Nur der Hund vom Nachbarn, der sich beim Spielen in der Hecke an der Nase weh getan hat.« Er wußte nicht, ob das auch stimmte. Es konnte so sein, vielleicht auch anders.

»Das muß ihm aber ziemlich doll weh getan haben. Ich zittere ja immer noch.« Ja, ihm ging es auch nicht viel anders, solch einen Schrei hatte er in seinem ganzen Leben bisher noch nicht gehört.

»Du hast doch gesagt, daß du noch Hausaufgaben zu machen hast.«

"Ja, aber ich hab jetzt keine Lust. Ich will lieber mit dir ein Eis essen gehen.«

"Was Kühles wäre jetzt nicht schlecht. Aber weißt du was Friederike. Du gehst hoch, machst deine Schularbeiten, und ich komme in ein paar Minuten nach, und dann helfe ich dir dabei. Später gehen wir dann Eis essen."

Er wollte noch zu seinem Nachbarn, ihn zur Rede stellen, da mußte er die Kleine mit irgend etwas beschäftigen. In seinem Kopf bearbeitete der winzige Schmied mit seinem Hammer glühendes Eisen und kühlte es, in dem er es in sein vor Schmerz pochendes Gehirn rammte.

"NIMM GLEICH EIN KÜCHENMESSER MIT UND SCHNEIDE IHM EIN ZWEITES LOCH IN SEINEN VERDAMMTEN ARSCH. DAS GROSSE FLEISCHMESSER MIT DEM SCHWARZEN PLASTEGRIFF, EIGNET SICH VORZÜGLICH DAZU.«

»Oh ja. Das wäre schön.« Friederikes blaue Augen leuchteten vor Freude. Aber sie sah auch, daß ihr Vater nicht wie sonst war. Ihn schien etwas zu bedrücken.

Er sah andauernd zum Küchenfenster hinaus, an dem er vorhin den Hund beobachtet hatte.

"Ist alles mit dir in Ordnung, Papa?«

„Ja klar. Nur ein wenig Kopfschmerzen, und jetzt ab nach oben!«

Die Hitze wurde immer unerträglicher. Die alleine konnte man ja noch vertragen, aber diese Luftfeuchtigkeit war einfach mörderisch. Becker klopfte ein zweites Mal an die Tür. Niemand rührte sich, nichts passierte " Die andere Hand lag auf dem schwarzen Plastegriff des Messers, das er an der Seite in seine Jeans geschoben hatte. Es piekte ein bißchen an seinem Schenkel, aber davon merkte er nicht allzuviel. Der Schweiß floß in Strömen. Es schien ihm, als wenn seine Sachen in Wasser getaucht worden wären. Sie waren durchnäßt und klebten unangenehm auf seiner Haut. Auf der Straße fuhren zwei Autos in geringem Abstand an dem Haus vorbei. Die Fahrer konnten ihn zum Glück nicht sehen. Die hohe, dicht bewachsene, Hecke trennte nicht nur beide Grundstücke, sondern umschloß das von Bertram von allen vier Seiten. Der Kerl hatte sich eine wahre Flut von Blumenbeeten angelegt. Die Rosen, Tulpen, Narzissen, und was es sonst noch für welche geben mochte, die sich neben der Vordertür entlangreihten. waren nur eine Kleinigkeit gegenüber dem, was sich auf dem Hinterhof befand. Bertram liebte seine Blumen. Seit dem Tod seiner Frau hegte und pflegte er seine Lieblinge, als wäre es das einzige, was ihm auf dieser Welt noch was bedeutete. Becker hatte Linda Bertram gemocht. Sie war eine nette Frau, mit der man sich über alles mögliche unterhalten konnte. Als Debbie und er jungvermählt in ihr jetziges Haus einzogen, half Linda, wo sie nur konnte, packte Kartons aus, brachte Gardinen an. Sie nähte sogar mit seiner Frau die Vorhänge zurecht. Zwei Jahre lang kam sie fast täglich zu Besuch (Bertram ließ sich nicht blicken, vielleicht aus Eifersucht. Wer weiß?). Er verhielt sich immer ziemlich distanziert zu ihm und zu Debbie. Manchmal geradezu abweisend. Man kann sich nur wundern, was in einem Menschen so vorgehen kann. Jedenfalls wurde Friedrich aus diesem Bertram nie so richtig schlau. Wie schon gesagt, kam Linda fast jeden Tag zu Besuch. Sie machte hin und wieder den Babysitter von Friederike Luise. Sie war ein sehr guter Babysitter, dem man anstandslos sein Kind anvertrauen konnte, was nicht immer der Fall war, besonders bei den jungen Leuten, die ihre Freunde mit einluden und

54

sich nicht weiter um das Kind kümmerten. Eines Tages, er und seine Frau waren einer Einladung eines Geschäftskunden zu einem Essen gefolgt, machte Linda erneut den Babysitter. Es war schon spät geworden. Die Straßen waren wie leergefegt. In den Nachbarhäusern brannte nur noch vereinzelt Licht. Das Wetter war (trotz ganz anderer Vorhersagen) umgeschlagen. Der Wind frischte auf. Starke Böen spielten mit den Wipfeln der Bäume und schlugen unachtsam befestigte Fensterläden gegen die Wände der Häuser.

Sie fuhren gerade die Einfahrt hoch. Er konnte sich noch wage daran erinnern, daß er ein wenig angetrunken war. Zu dieser Zeit hatte er den Alkohol noch fest im Griff. Debbie kicherte über einen dummen Spruch, der ihm gerade in den Sinn kam. Jedenfalls war es noch nicht allzu stürmisch, aber in dem Moment, in dem sich die Haustür öffnete und Linda schreiend herausgerannt kam, zerrte eine gewaltige Böe an der Krone der alten Eiche, die noch immer an der Auffahrt stand und riß einer, großen Ast von ihr ab. Unglücklicherweise lief Linda in diese Richtung.

Diese Schreie konnte er bis heute nicht vergessen. Der Ast traf genau ihren Kopf. Er versuchte ihr noch zu helfen, aber er konnte nichts mehr machen. Sie hatte noch etwas gesagt. Was war das doch gleich?

»Oott sei ihr gnädig! Und dann starb sie. Die darauffolgende Untersuchung war zwar unangenehm, aber dafür nur sehr kurz. Die einzige Frage, die nie hatte geklärt werden können, war, warum war die Frau schreiend aus ihrem Haus gerannt? Weshalb sagte

sie ‚Gott sei ihr gnädig!‚? Becker war gleich in Friederikes Zimmer gelaufen. Sie
schlief so süß und unschuldig in ihrem Bett, daß er, froh darüber, nicht weiter über die Sache nachdachte.
»Mach endlich die Tür auf, oder es wird noch schlimmer für dich. Ich weiß daß du uns für den Tod deiner Frau verantwortlich machst. Aber uns trifft keine Schuld. Ich glaube eher, deine Eifersüchteleien sind der Hauptgrund für ihren Tod. Oder du hast sie selbst auf dem Gewissen und schiebst es uns in die Schuhe. Los, öffne die Tür, du verdammter Mistkerl!« Friedrich trat mit der Schuhspitze gegen die braune Eichenholztür. Sie war gar nicht verschlossen. Wieso war die Tür offen?
»Bertram, wenn du mir eine Falle stellen willst, dann mußt du es schon ausgefallener machen.« Er trat ganz vorsichtig ins Haus, jeden seiner Schritte genau setzend. Sein Kopf war eine einzige weiche Masse, nutzlos für vernünftige Gedanken. Nur eines trieb den jungen Mann vorwärts, der Drang zu töten.

Friederike hatte sich gerade vor ihren kleinen Schreibtisch gesetzt, da überkam sie eine ungeheure Müdigkeit. Das war nichts Besonderes. Das hatte sie schon einige Male erlebt. Es kam in unregelmäßigen Abständen, die Lider wirkten dann wie bleibeschwert und schlossen sich sofort, nachdem sie sich hingelegt hatte. Sie träumte dann von ungewöhnlichen, manchmal auch schrecklichen Dingen. Einmal stand sie in einem Restaurant, in dem sich viele Menschen befanden. Sie ging auf einen Tisch zu, an dem zwei

Paare saßen. Sie unterhielten sich über etwas. Doch sie verstand kein Wort. Sie fühlte nur, daß der grauhaarige Mann, hinter dem sie stand, nervös war, und sie mußte dabei lächeln, denn sie hatte ihn durcheinander gebracht, als sie an einem Ort mit vielen Lampen und diesen großen Kameras spielte. Es machte ihr großen Spaß. Sie spürte, daß einige der Leute, die dort herumstanden, böse waren. Friederike stand hinter diesem fahrigen Mann und konzentrierte sich auf den Braten, den die beiden Frauen und der andere Mann aßen. Das Essen bewegte sich. Über die knusprig gebratenen Leiber der Tauben zog sich das weiße Gefiederkleid, das sie in ihrem Leben getragen hatten. Dann verschwand das Bild, und sie konnte sich nur noch schemenhaft an alles erinnern. Bis wieder wie jetzt der unruhige Schlaf in ihre Glieder zog.

»Und Schnitt! Na endlich, das hat ja nun wirklich lange genug gedauert!«

Der Regisseur winkte ab. Die Szene hatten sie jetzt dreißig mal wiederholt und immer wieder hatte einer dieser verdammten Trottel einen Fehler gemacht. Hatten keine Ahnung von ihrem Job und wollten noch für schlechte Arbeit einen Haufen Geld kassieren. Theo Müller atmete kräftig durch.

"Wir machen eine kleine Pause. In einer halben Stunde ist alles wieder hier.« Die drei Darsteller nickten zufrieden. Sie konnten diesen arroganten, selbstherrlichen Kerl einfach nicht ausstehen. Jede auch noch so kleine Pause wurde dann dankbar angenommen. Dieter Friedrichs, ein dreiundvierzigjähriger Mann mit schulterlangen, leicht angegrauten Haaren, lächelte erleichtert seinen beiden Filmpartnerinnen zu, und noch ohne auf ein weiteres Wort Müllers zu warten, verschwanden sie im dunklen Gang, der zur Garderobe führte.

»Ja, ja. geht mir bloß aus den Augen ihr. Versager.« Es waren anstrengende anderthalb Stunden. Sein Magen rebellierte wieder. Wie jedesmal, wenn er sich über Irgend etwas aufregte. Also nahm er sich eine Zeitung die er sich auf dem Weg zu den Studios gekauft hatte und ging, um sich eine ordentliche Erleichterung zu verschaffen.

Friederike Luise träumte. Ihr Gesicht zuckte. war mit Schweißperlen bedeckt. Sie ging einen dunklen, langen Gang entlang. Nicht eine Menschenseele war zu sehen. Links und rechts liefen Türen vorbei. Auf ihnen standen Zahlen. Sie blieb kurz stehen und versuchte eine der Klinken herunterzudrücken. Aber die waren verschlossen. Das Mädchen spürte einen Drang in sich. Irgend etwas Böses war in der Nähe. Ein Mann, der schlecht war und sie mußte ihn bestrafen. Keine schwere Strafe nur einen leichten Denkzettel, der ihn zum Nachdenken anregen sollte. Vor einer weißen Tür mit der Aufschrift ´WC` hielt sie inne. Der Drang wurde immer intensiver. Sie wußte genau, daß diese Tür nicht verschlossen war. Eine ferne freundliche Stimme rief ihr sanft zu:« TU ES! Doch neben der Aufschrift stand noch etwas ganz anderes. Nämlich .Männer. Egal, was der Mann getan hatte sie würde auf keinen Fall auf eine Männertoilette gehen.

"FRIEDERIKE, DU BRAUCHST NICHT HINEINZUGEHEN ES REICHT, WENN DU DAVOR

STEHENBLEIBST. TU ES!« Die Kleine lächelte erleichtert. Ihre Mundwinkel zogen sich aber nur kurz hoch.

Sie ging einen Schritt rückwärts, blieb stehen und richtete ihre Konzentration auf das Innere der Toilette.

Müller fluchte mit heruntergelassener Hose leise vor sich hin. Die Aktien, in denen er eine Viertelmillion Euro angelegt hatte, fielen erneut, und dabei hatte es in der vorigen Woche noch ermutigend ausgesehen. Am besten verkaufte er sofort sein ganzes Paket und leistete sich dafür eine ordentliche Immobilie. Nach ein paar Jahren konnte man die dann mit vernünftigem Gewinn wieder abstoßen. Er blätterte zum Sportteil um und hielt plötzlich inne. Hatte sich da nicht was an seinem Hintern bewegt?

Ja, da war es wieder. Allerdings sehen konnte er nichts. Da war es wieder. Herrje, Ungeziefer auf der Toilette, das wird ja immer schöner. Er rollte schnell die Zeitung zusammen und schlug zweimal kräftig zu. Aber das einzige, was er traf war, sein Hinterteil, das sich gleich mit einem brennenden Schmerz beschwerte.

»Scheiße.« Er hatte für heute wieder mal genug. Für seine schwachen Nerven reichte nur der kleinste Anlaß, um ihn vollkommen aus dem Gleichgewicht zu bringen. Daß in der Ruhe die Kraft liegt, hielt er für den blanken Hohn. Er versuchte aufzustehen, doch nichts bewegte sich. Er stützte sich auf dem Rand des Toilettenbeckens ab, drückte und zog. Keine Reaktion. Wieder wackelte das Becken unter ihm. Jetzt stärker. Es bestand gar kein Zweifel mehr daran, daß es die

Schüssel war. Aber wie war das möglich? Darauf eine Antwort zu finden, hielt Müller in seiner Situation nicht für angebracht. Er sollte lieber um Hilfe rufen. Jemand mußte ihn aus dieser mißlichen Lage befreien, und zwar ganz schnell. Er wollte nicht den ganzen Tag hier verbringen. »Ja ruf um Hilfe. Schrei hinaus, daß du auf dem Klositz festgewachsen bist. So laut, daß es jeder hören kann und du bis auf die Knochen blamiert bist. Scheißspiel!«

Er saß wirklich in der Klemme. Das Becken bebte jetzt stärker. Mit einem starken Geräusch flogen beiderseits die Bolzen durch die Luft, mit denen es befestigt war. Die Anschlüsse brachen, und das Wasser spritzte platschend gegen die weiß gefliese Wand. Als es sich vorwärts bewegte, stieß Müller zuerst mit den Knien, dann mit dem Kopf gegen die Tür der Box. Er fluchte. Dumpfer Schmerz pochte an seinen Schläfen. Ob es ihm nun gefiel oder nicht, er mußte diese verdammte Tür selbst öffnen, wenn er sich nicht seinen Schädel einschlagen wollte. Zum Glück ging sie nach außen auf, so daß es keine weiteren Probleme gab. Das Becken schoß los, und um ein Haar wäre Theo nach hinten übergekippt, doch er konnte noch rechtzeitig sein Gewicht nach vorne verlagern. Auch die Tür zum Flur war kein Problem. Sie flog, wie von Geisterhand berührt, auf und bewahrte ihn somit vor einer erneuten Bekanntschaft mit dem Holz. Zum Glück war auf dem Korridor keine Menschenseele. Oder etwa doch? Theo glaubte, in den Augenwinkeln eine kleine Gestalt gesehen zu haben. Doch als er richtig hinsah, war alles leer. Nichts. Aber das war jetzt auch vollkommen uninteressant. Er spürte nur noch den Schmerz seines Hinterteiles, das sich bei jeder Bewegung ein kleines Stück weiter in seinem ungewöhnlichen Fortbewegungsmittel verkeilte. Alles, was jetzt seine Bahn kreuzte, flog beiseite, so daß er sich bei all dem Durcheinander auf dem Set nicht schwer verletzen konnte. Theo war verblüfft. Wenn die Macher von Spezialeffekten so saubere Arbeit leisten würden wie dieser, Ja, wie wer denn überhaupt? Vielleicht ein Geist? Wenn sie stets so gute Effekte erstellen konnten, dann wäre so mancher Film, den er bis jetzt gedreht hatte, erfolgreicher gewesen. Erst jetzt nahm Müller die Filmcrew wahr die dem Mann, der auf einem Toilettenbecken ritt, mit großen Augen anstarrten. Er spürte, wie die Schamesröte von seinem ganzen Gesicht Besitz ergriff. Er zog an der Hose, versuchte mit der Zeitung abzudecken, was man noch bedecken konnte. Aber es war schon zu spät. Die Anwesenden lachten lauthals los. Wenn er nur wieder in einer besseren Position wäre, dann würde er es diesen Strolchen schon zeigen. Ihn hatte bisher noch niemand ausgelacht. Keiner hatte es je gewagt. Und jetzt: Alle, vom Schauspieler bis zum Kameramann. Würden die sich wenigstens dabei umdrehen. »Gott was habe ich dir nur getan daß du mich so bestrafen mußt.« Selbst als er das Studio verließ, dröhnte der Hohn wie eine Kreissäge in seinen Ohren.

In ihrem Traum mußte Friederike ein schadenfrohes Lächeln unterdrücken. Es gehörte sich zwar nicht, daß man sich über fremde Leute lustig machte, aber dieser

Mann hatte es einfach verdient. Sie wollte nicht, daß er sich an irgendeinem Gegenstand, der im Wege war, verletzte. Das Mädchen konzentrierte sich auf die erste Tür, Schade. Das Klopfen am Holz bestätigte den mißlungenen Versuch. Die zweite Tür. Dieses Mal gelang es ihr, Auch das übrige Zeug, wie Kameras und Stühle, flog beiseite, als wenn es nichts wäre.

Friederikes Lächeln wurde breiter, als sie im Traum den bösen Mann über das hellerleuchtete Filmgelände reiten sah. Er wirkte wie ein Bahnreisender, der sich winkend von seinen Angehörigen verabschiedet. Er verließ durch das Eingangstor das Gelände, nur begleitet von den ungläubigen Blicken des Sicherheitsbeamten, der eigentlich jeden kontrollieren sollte, der durch dieses Tor wollte. Ob er nun zu Fuß, mit dem Auto oder mit einem laufenden Scheißhaus unterwegs war. Doch jetzt war es genug. Vielleicht würde es ihm nun eine Lehre sein und er würde den anderen Menschen mit mehr Respekt begegnen. Sie sah noch verschwommen, wie Müller von seiner Last befreit wurde, dann wurde es dunkel. Ein Bild erschien ihr vor dem geistigen Auge.

Wie jedes mal nach so einem Traum, tauchte diese Gestalt auf und sprach beruhigend auf sie ein. Sie hatte diese Frau im wirklichen Leben nie gesehen, jedenfalls glaubte sie das, aber ihre Stimme wirkte so bekannt und war meistens so liebevoll, daß sie sich auch nicht großartig wehrte, wenn diese alte Frau mit dem faltigen Gesicht und den braunen Haaren einige Unbelehrbare, wie sie immer sagte, bestraft haben wollte. Friederike wußte nicht, daß diese Frau damals ihr Babysitter war.

»DAS HAST DU GUT GEMACHT, MEINE KLEINE. HAB KEINE ANGST, DASS DU JEMANDEN ERNSTHAFT VERLETZEN WIRST. DIE LEUTE SIND NUR IN IHRER EITELKEIT GEKRÄNKT UND IN IHRER EHRE, WENN SIE SO ETWAS BESITZEN SOLLTEN. WENN WIR NUR EINEN EINZELNEN MENSCHEN ZUM GUTEN BEKEHREN KÖNNEN, DANN IST DAS MEHR, ALS WIR ÜBERHAUPT VERLANGEN KONNTEN. JEDOCH DARFST DU EINES NIEMALS VERGESSEN, KLEINE FRIEDERIKE. ERZÄHLE NIEMANDEM VON DEM, WAS DU TUST, NICHT EINMAL DEINEM VATER. ICH GLAUBE NICHT, DASS ER DAS VERSTEHEN WIRD. ER KÖNNTE SO TUN ALS OB, ABER IRGENDWANN SPÄTER VERSUCHT ER, SICH IN DIE SACHE EINZUMISCHEN, UND WIR KÖNNEN DANN NIEMANDEM MEHR HELFEN. BEWAHR UNSER GEHEIMNIS GUT FÜR DICH, DENN KLEINE MÄDCHEN HABEN IMMER ETWAS ZU VERHEIMLICHEN. UND NUN WACH AUF, MEIN ENGEL, DIE HAUSAUFGABEN MÜSSEN ERLEDIGT WERDEN.«

Friederike wachte plötzlich auf. Ihr Traum war zu Ende und sie spürte eine gewisse Erleichterung. Schweißperlen tropften von ihrer Stirn. Sie fühlte sich unwohl in itrem schweißdurchnäßten Kleidchen. Sie konnte nicht genau sagen, wie lange sie im Bett gelegen hatte. Die Sonne stand noch immer ziemlich hoch und strahlte mehr als nur wohlige Wärme aus. Sie wollte doch Hausaufgaben machen. Ja, das hatte sie gesagt. Papa wollte ihr dabei helfen. Aber wo war er? Sie sprang aus dem Bett und warf dabei die Decke hinunter.

Im Haus war es ruhig. Draußen zwitscherten die Vögel und flatterten zwischen den Ästen der großen Eiche hin und her. Friederike setzte sich wieder an ihren Schreibtisch.

Doch sie fand keine Ruhe. Mit dem Füllfederhalter auf die Tischplatte klopfend, schielte sie wieder zu der Zimmertür.

Sie spürte, daß etwas nicht stimmte. Ihr Vater war hinausgegangen, das hatte sie noch mitbekommen. Sie dachte wieder an den lauten Schrei, den sie gehört hatte als sie in der Küche war. Es soll Franz, der Schäferhund gewesen sein. Franz, der so schwarz und groß war, daß sie jedes mal zu zittern anfing, wenn sie nur an ihn dachte Wo war Papa? Er wollte nachkommen, und bis jetzt hatte er sich nicht blicken lassen.

Vielleicht unterhielt er sich mit Herr Bertram. Ja das war es wahrscheinlich. Herr Bertram war ein böse Mann, und sie mochte ihn nicht besonders, weil er immer so gemein zu ihr war. Warum er das tat, das wußte sie nicht. Es könnte sein, daß er Kinder nicht leiden konnte. Sie konnte sich noch daran erinnern, damals war sie fünf, da flog der Ball, mit dem sie gerade spielte, auf den Rasen an der Vorderfront seines Hauses. Sie lief hin und wollte ihn sich wiederholen. Doch dieser böse Mann tauchte auf und er brüllte, was sie auf seinem Rasen zu suchen hätte, das sei doch kein verdammter Kinderspielplatz. Sie lief rot an und rannte heulend nach Hause zurück. Papa hatte alles mit angesehen. Er war sofort hingelaufen und hatte Herr Bertram zur Rede gestellt. Wäre Johanna nicht gleich gekommen, dann hätten sie sich garantiert geprügelt. Sie wußte noch, wie sie sich auf ihr Bett warf und am liebsten nicht mehr hinausgegangen wäre. Doch als Papa kurze Zeit später hinaufkam, hatte er den riesigen Panda im Arm. Der böse Nachbar war im Nu vergessen.

Friedrich durchquerte die Zimmer, schaute immer wieder aus den Augenwinkeln nach rechts und nach links. Er erwartete, daß jeden Moment Bertram auftauchen und sich hinterrücks auf ihn stürzen würde. Doch es war ruhig, regelrecht totenstill. Im Wohnzimmer standen mit angetrockneten Essensreste bedeckte Teller auf dem Tisch. Die Fliegen hatten sich schon auf das köstliche Mahl gestürzt. Leere Bierdosen lagen verstreut auf dem Fußboden. Einige zusammengedrückt und achtlos hingeworfen. Es roch nach Erbrochenem. Er ging durch den nur mit einer Kommode und einem großen Spiegel sowie mehreren Kleiderhaken ausgestatteten Flur in die Küche. Hier sah es nicht viel besser aus. Müllberge türmten sich auf. Eine Menge Essensverpackungen und Dosen, als ob dieser Raum nicht die Küche, sondern nur eine Art großer Abfallbehälter wäre.
Becker schüttelte den Kopf. Selbst in seinen schlimmsten Zeiten, wenn er im tiefsten Rausch vor sich hindöste, hatte er immer darauf geachtet, daß bei ihm zu Hause größte Sauberkeit herrschte. Nun hatte er

wenigstens einen Grund mehr, diesen Mistkerl zu beseitigen. "Von wegen mir Vorschriften zu machen und dann noch mein Kind anzubrüllen.« Friedrich kochte innerlich vor Wut. Es war schwer, sie zu unterdrücken. Hätte er es geschafft und wäre es so einfach, wie es sich aussprechen läßt, dann wäre er nicht hier in diesem Haus. Er öffnete die Hintertür, die aus der Küche auf den hinteren Hof führte. Die Sonne brannte jetzt heißer als die ganzen Tage zuvor. Der Schweiß floß wieder stärker, brannte in seinen Augen wie Feuer. Die Blumen, die Bertram immer mit besonderer Liebe pflegte, waren verwelkt und von Unkraut überwuchert. Der Rasen sah nicht viel besser aus. Hier würde selbst der beste Rasenmäher den Geist aufgeben. Einige Vögel flogen aufgeregt flatternd davon, als der große Mensch sich auf die Hecke zubewegte. Das ganze Grünzeug bildete einen regelrechten Zaun und wirkte vollkommen undurchlässig. Friedrich blickte noch einmal über den ganzen Hof. Irgendwo mußte sich doch dieses Arschloch versteckt haben. Und wo war Franz? Auf der anderen Seite des Hofes, der dort an ein anderes Grundstück angrenzte, das man durch die großen Hecken auch nicht sehen konnte, standen mehrere Liegestühle, die durch einen großen Sonnenschirm geschützt im Schatten standen. Etwas zog ihn dorthin. Er konnte fast mit eindeutiger Gewissheit sagen, was ihn da erwartete. Er bekam Zweifel an seinem Unternehmen. Sollte er nicht lieber gleich nach Hause gehen? Verschwinden, bevor es zu spät war und die Polizei ihn hier verhaftete. Nein, er mußte es genauer wissen. Seine Knie schmolzen bei jedem erneuten Schritt. Doch Friedrich sagte sich immer wieder, daß sie nicht aus Eis oder Schnee waren.

»Geh weiter, Junge. Geh weiter.« Der vordere Liegestuhl stand mit der Rückenlehne zu ihm. Auch hte: schwirrten Scharen von Fliegen umher.

Friedrich war sich jetzt ganz sicher, daß da ein toter Bertram saß, mit weit aufgerissenen Augen, auf die sich schon diese verdammten Fliegen gestürzt hatten und die eigentlich gar nicht mehr existierten. Becker machte einen kräftigen Satz nach vorn, doch das, was er erwartet hatte, zeigte sich nicht. Nur ein abgenagter Knochen, den der Schäferhund hier liegengelassen hatte, lag auf dem Stuhl. Der junge Mann atmete erleichtert aus. Er wollte einen kleinen Schritt zurückgehen, doch er stolperte und fiel rücklings auf etwas Kaltes, Weiches. Ein unangenehmer Geruch kroch ihm in die Nase. Friedrich rollte sich auf die Seite so schnell es ging und versuchte erst gar nicht hinzusehen. Doch um nicht zu Sehen, auf was er da lag, mußte er schon vollkommen blind sein. Er stand taumelnd auf. Das unangenehme kribbelnde Gefühl in seinem Magen verstärkte sich. Vor ihm lag der Leichnam Bertrams, mit weit aufgerissenen, glasigen Augen und offenem Mund, seine linke Hand hatte er auf seinen Brustkorb gepreßt. Er hatte eines dieser kunterbunten Hawaiihemden und knielange Shorts an. Irgendwie sah das lustig aus. Friedrich gab sich die größte Mühe, einen Lachkrampf zu unterdrücken

Dabei reizte er immer mehr seinen Magen und mußte sich geräuschvoll übergeben. Sein Blick fiel wieder auf den angenagten Knochen. Wo war Franz?

Ein hellblauer Lieferwagen, der nicht älter als fünf, vielleicht sechs Jahre alt war, fuhr von der Straße ab und hielt auf der Auffahrt des Beckerhauses. Ein älterer Mann mit graumelierten Haaren stieg schwer atmend aus dem Wagen. Er pustete kräftig durch, denn, wie immer bei solch heißer Witterung, machte ihm sein enormer Bierbauch große Probleme. Willi Samson schaute ein wenig mißmutig drein. Viel lieber würde er sich in seinem Büro verkriechen und seinen vier Gehilfen die ganze Arbeit überlassen. Doch wenn ihm ein Kunde so viel Geld wie dieser hier bot, mußte er einfach persönlich vorbeischauen. Seine Jungs bekamen schon genug davon. Sie meckerten zwar ständig und forderten eine ordentliche Gehaltserhöhung, aber mehr dafür arbeiten wollten sie auch nicht. Er fluchte leise vor sich hin. Zum Feierabend würde er mit ihnen reden. Entweder zwei Stunden länger arbeiten oder Rausschmiß.

»Die werd' ich schon kirre kriegen.« Willi nahm seine Werkzeugtasche vom Beifahrersitz und ging zum Vordereingang. Er sah auf das goldene Namensschild auf der weißen Holzfläche und wußte, daß er hier richtig bei Becker war, und klingelte.

Friederike hatte in der Zwischenzeit ihre Hausaufgaben erledigt. Die Bücher und Hefte waren wieder verstaut und die Schultasche für den morgigen Tag schon gepackt. Sie verspürte unheimlichen Durst. Bei dieser Hitze, kein Wunder.

Im Haus war es noch ruhig. Sie ging in die Küche, holte sich aus dem Kühlschrank eine Flasche Orangensaft und füllte damit ein Glas. Sie sah aus dem Fenster. Im Hof war es still wie gewohnt. Alleine zu sein, fand sie ein wenig zu langweilig. Deswegen füllte sie noch einmal ihr Glas nach und ging wieder nach oben. Nur kurze Zeit später, als sie die erste Stufe der Treppe, die zum oberen Stock führte, betrat, knurrte etwas hinter ihr. Eigentlich war es nur ein heiseres Grollen. Aber es schwoll immer mehr zu einem Knurren an. Sie hörte noch einmal mit größerer Konzentration hin. Doch diesmal rührte sich nichts. Vielleicht war es eine dieser merkwürdigen Sachen, die ihr manchmal durch den Kopf gingen. Sie hörte dann Stimmen und sah Leute, die gar nicht anwesend waren. Trotzdem lief sie die Treppe schneller als beabsichtigt hinauf. Erst als sie die Tür hinter sich zugeschlagen hatte, war ihr etwas wohler zumute. Sie setzte sich zu den vier Puppen an den kleinen Tisch, der in der Ecke stand. Daß da unten jemand seit einiger Zeit versuchte zu klingeln, das bemerkte sie gar nicht. Anscheinend war nicht nur die Klimaanlage defekt, sondern auch noch die Türklingel.

Samson klopfte, erst einmal, dann kurz abwartend und dann mehrere Male hintereinander. Doch es schien niemand da zu sein. Er kannte diese Situation nur zu gut. Erst rufen sie einen an und tun so, als ob die Welt unterginge, wenn er nicht sofort käme, und dann war doch niemand zu Hause, wenn er dann dort eintraf.

Im Inneren des Hauses hörte er das Zuschlagen einer Tür. Also war doch jemand hier. Er hämmerte jetzt regelrecht gegen das Holz. Wieder war nichts zu hören. Der Versuch, die Klingel zu betätigen, scheiterte genauso wie einige Minuten zuvor auch schon. »Ach, sollen die doch sehen wie sie klar kommen, wenn mir keiner aufmacht, dann haue ich gleich wieder ab. Ich habe doch wohl noch etwas Besseres zu tun, als hier herumzustehen und mich wie ein Idiot zu fühlen.« Er war schon wieder auf dem halben Wege zu seinem Auto, da nagte in ihm doch so etwas wie Zweifel. So leicht zu gutem Geld zu kommen, mußte man einfach nutzen und nicht gleich aufgeben. Von seinen anderen Leuten durfte er keinen losschicken, die würden sich gleich die Hälfte unter den Nagel reißen und sich dann einen schönen Tag machen. Auch er vernahm jetzt das Knurren eines Hundes, wenn auch undeutlich und als solches schwer zu erkennen. Für gewöhnlich war das normal, doch bisher hatten die Hunde vorher so ein Theater gemacht, daß auch der schwerhörigste Mensch von diesem Lärm aufgeschaut hätte. Samson ging über den kurzgeschnittenen Rasen zur rechten Seite des Hauses und versuchte, von dort einen besseren Blick hinter das Gebäude zu finden. Er sah nur einen kleinen Teil des Hinterhofes. Ein paar Gartenmöbel, einen Wasserschlauch und herumliegende Spielsachen. Jedoch einen Hund oder einen Menschen konnte er nicht ausfindig machen. Der Passat eines schnauzbärtigen Vertreters steuerte gerade über den glatten Asphalt der Siedlung auf der Suche nach einem Idioten, der ihm eines seiner Produkte abnehmen wollte. Er war höchstwahrscheinlich der letzte Mensch, der Willi Samson lebend sah, wie er am rechten Seitengiebel vorbei sich auf die Rückseite bewegte. Er zupfte an seinem Schnauzbart und gab Gas, bis er nur wenig später an der nächsten Ecke in eine andere Richtung verschwand.

Friederike goß den Tee für ihre Puppen ein. Sie tat es vorsichtig, ohne etwas zu verschütten.

„So, bitte. Was? Ich soll mir auch etwas eingießen? Nein, ich mag heute nicht. Ich hab ja das hier." Sie wies mit einer ausladenden Geste auf den Saft, der an der Tischkante stand.

»Es ist heute ziemlich heiß, und da ist es mir lieber, wenn ich was Kühles trinke. Warum ich alleine bin? Johanna ist noch nicht hier. Papa wollte gleich heraufkommen und mir bei den Hausaufgaben helfen. Ich weiß nicht, wo er ist.

Das Haus ist leer. Vielleicht ist er rüber zu Herr Bertram, um ihm zu sagen, daß sich Franz weh getan hat. Ihr kennt doch Franz, den großen schwarzen Hund von nebenan, der immer so laut ist und über den sich Papa ständig ärgert. Oh , warte, ich wische das gleich auf. Ja so ist es besser.« Friederike tat so, als ob sie die Tischplatte trocken wischte.

„HILFE!" Sie fuhr erschrocken auf. Es klang so, als ob es in der Nähe wäre.

»Habt ihr das auch gehört?« In diesem Moment vergaß das Kind völlig, daß ihre vier Tischgefährtinnen doch

71

nur Puppen waren. Sie konnten nicht sprechen, auch nicht hören oder sehen. Es war wieder ruhig. Nur das aufgeregte Zwitschern der Vögel in den Kronen der Bäume, die die Straße säumten, durchdrang die vor Hitze flimmernde Luft.

Auf dem Hof entbrannte nur kurz zuvor ein Kampf auf Leben und Tod. Samson, der sich auf der Suche nach dem Hausbesitzer dort umgesehen hatte, rang blutüberströmt mit einem schwarzen Schäferhund. Sein Herrchen nannte ihn immer nur Franz, und er war immer ein geselliger Hund gewesen, der niemandem etwas zu Leide tat und sich auch gern von fremden Leuten streicheln ließ. Doch irgend etwas war heute nicht mit ihm in Ordnung. Seine Augen leuchteten nur matt. Er war durch die Hecke gekrochen und hatte sich dann hinter einer; Busch versteckt, der gleich da hinten gewachsen war. Der fremde Mann, der sich suchend dort umblickte, gehörte nicht hierher. Sein Geruch irritierte den Hund. Wie konnte es dieser Mensch wagen, in seinen Herrschaftsbereich einzudringen. Er duckte sich ab, als der Mann zur Hintertür gehen wollte und schlich sich langsam heran. Der Mann schien ihn nicht zu bemerken. Jetzt war es Zeit, sich auf ihn zu stürzen. Wenn er ihn dann schlagen würde, dann mußte er ihn eben töten. Gerade in dem Moment, als sich der Mann nach ihm umdrehte sprang er auf.

Willi versuchte den Hund abzuschütteln, doch dessen Zähne hatten sich tief in den Hals gegraben, ihrm wurde abwechselnd heiß und kalt. Das Blut spritzte wie aus einer Beregnungsanlage. mit der die meisten Leute ihren Rasen bewässerten. Der Schmerz war überwältigend, und es dauerte auch nicht lange, bis ihm schwarz vor Augen wurde. Er verlor schnell das Bewußtsein. Das der Hund noch kräftig an seinem Opfer zerrte, war eigentlich ohne jede Bedeutung. Willi hatte schon dermaßen viel Blut verloren, daß er nur wenig später verstarb.

Friederike war schnell die Treppe hinabgelaufen und sah flüchtig aus dem unteren Flurfenster direkt neben der
Eingangstür.
"War das Auto vorhin auch schon da?« Sie überlegte ob sie das Fahrzeug, als sie sich etwas zu trinken holte schon gesehen hatte oder nicht, und sie entschied, daß es erst vorhin gekommen sein mußte, sonst hätte doch jemand die Türklingel betätigt. Oder sie hatte sie einfach überhört, was der Tatsache entsprach, denn oben hörte man das Läuten nicht besonders laut.
Sie stand nur einfach da und überlegte sich, ob sie nun nachschauen sollte oder nicht. Es könnte noch jemand draußen stehen. Aber ihr Vater hatte ihr verboten, fremden Menschen die Tür aufzumachen. Selbst Leute, die sie kannte, durfte sie nur in Anwesenheit Johannas oder ihres Papas einlassen. Zur Sicherheit, wie sie sagten. Es könnte sich ja ein Verbrecher unter den Leuten befinden. Sie beschloß, in die Küche zu gehen und auf dem hinteren Grundstück nachzusehen. Dort war auch ein zweiter Eingang. Sie hatte den Ruf von dort hinten gehört.
»SEI VORSICHTIG!«

Die fremde Stimme meldete sich wieder zu Wort. Sie hielt kurz in ihrem Schritt inne, versuchte ihr Inneres abzulauschen. Doch diese Stimme sagte nur noch ein zweites Mal: »SEI VORSICHTIG!« und verstummte dann wieder. Friederike war aber neugierig und wie konnte sie ihre Neugierde besser stillen, als einfach nachzusehen?

Ein leises Knurren ließ sie blitzschnell in sich zusammenfahren. Die Tür zum Hof war verschlossen. Also brauchte sie keinerlei Angst zu haben, daß das Knurren von drinnen kommen konnte. Es kam von draußen.

Mit ein paar schnellen Schritten eilte sie zur Tür und wollte gerade aus dem Fenster daneben sehen. Die Luft war heiß und stickig. Die Hecke, die das Grundstück ihres Vaters und ihres Nachbarn wie ein grüner Streifen durchzog, wies am anderen Ende in der Nähe der Garage eine kleine Lücke auf, die man allerdings von dem Haus aus deutlich sehen konnte. Vielleicht hörte sie das alles nur in ihrem Kopf. Wie sie es schon des öfteren erlebt hatte.

Sie hatte noch mit niemandem darüber gesprochen.

Friederike hatte Angst, daß man ihr nicht glauben könnte. Das Mädchen hatte kaum auf dem Fuß kehrtgemacht, da schoß ein riesiges schwarzes Etwas an die Glasscheibe.

Sie schrie lauthals auf und wich so weit zurück, bis sie mit dem Rücken an den Küchentisch stieß. Der Hund fletschte seine riesigen Zähne, leckte die tropfenden Lefzen, die in der Sonne rot leuchteten.

Die Scheiben der Fenster waren mit Speichel beschmiert, brachen das Tageslicht.

Es war Franz, der schwarze Schäferhund von Herr Bertram. Sie wollte erleichtert aufatmen, doch in ihr sträubte sich etwas dagegen. Ihre Nackenhaare richteten sich auf, als sie sich einen Schritt nach vorn bewegte. Friederike hatte den Hund schon des öfteren gestreichelt. Das heißt aber auch nicht, daß sie sich nicht vor ihm fürchtete. Er war einfach zu groß und auch wenn er es nicht wollte, so stieß er sie doch, jedes mal um, und sie landete dann schmerzhaft auf ihre Hosenboden. Seine Augen waren stets voll Gutmütigkeit seine ganze Gestalt jedoch war angsteinflößend.

Er war einfach zu groß. Und wenn man ihn jetzt so sah, so schien es, als wäre er noch gewachsen. All die liebevolle Wärme, die sich in seinen Augen sammelte war verschwunden. Nur blanker Haß und mattes Leuchten verklärten die Pupillen.

Friederike atmete tief durch. Ihr Herz raste mit einer Geschwindigkeit, wie sie es nie für möglich gehalten hätte. Sie sah auf die Uhr, die auf dem Tisch hinter ihr stand. Zwölf Uhr sechsunddreißig. Wo blieb nur Johanna? Sie müßte doch schon längst wieder zurück sein. Oder Papa? Ihre Blicke streiften hin und her. Von dem Hund zur Treppe und wieder zurück. Sie drehte sich nur einen Moment um und ging aus der Küche. Als sie wieder zurückschaute, um zu sehen, was der Hund machte, blies sie geräuschvoll ihren Atem aus. Franz war verschwunden. Das Knurren hatte aufgehört. Nur der rötliche Speichel verriet seinen vorherigen Standplatz.

Sie war erleichtert. Die bedrückende Last, die auf ihrer Seele bis jetzt gelastet hatte, fiel von ihr ab. Plötzlich wurde sie wütend. Ihre Eltern hatten sie allein zu Hause gelassen. Waren einfach fortgegangen. Daß Johanna einkaufen gegangen war, konnte sie ja noch akzeptieren, aber ihr Vater war ja da, doch, er hatte gesagt, er kommt bald wieder, und wo war er nun?

Sie hatte vorhin Schreie gehört. Es hatte jemand um Hilfe gerufen. Laut und deutlich konnte sie es verstehen. Ihre kurzzeitige Erleichterung wich wieder einem unerträglichen Gefühl der Angst. Sie verließ die Küche, wollte aus dem Haus gehen und sich vergewissern, daß ihren Eltern auch nichts passiert war. In der Auffahrt stand noch der Lieferwagen. Leer, verlassen, als ob der Fahrer ihn ganz vergessen hatte. Die Luft in den Räumen war drückend. Sie würde gerne eins von den Fenstern öffnen, und sie hatte den Riegel schon geöffnet, doch ganz schnell schloß sie ihn auch wieder. Der böse Hund war da draußen, und solange er außerhalb des Gebäudes war, konnte ihr nichts passieren.

Auf der Straße, die sonst relativ viel befahren wurde, befand sich kein einziges Fahrzeug. Nicht mal ein Fahrradfahrer oder ein Fußgänger ließ sich blicken. Vielleicht war es besser, wenn sie hoch in ihr Zimmer ging und dort wartete. Doch gerade als sie mit einem Fuß auf die erste Treppenstufe trat, hörte sie ein undeutliches Kratzen an der Haustür. Sie stieg wieder hinunter, legte ihr rechtes Ohr ans weißlackierte

Türholz und lauschte angestrengt. Wieder ein Kratzen, jetzt etwas deutlicher. Der Hund, der böse Hund, wollte zu ihr herein. Das Mädchen wich einen Schritt zurück, beobachtete die Klinke, die sich auch bewegte. Plötzlich ertönte ein dumpfer Aufprall, Glas splitterte und fiel klirrend zu Boden. Friederike fuhr erschrocken zusammen, als sie wieder das vertraute Knurren von Franz hinter sich hörte. Das Tier hatte das Fenster neben der Hintertür in der Küche durchsprungen. Seine Nasenspitze zierte eine klaffende Wunde, aus der das Blut Tropfen für Tropfen im Sekundentakt auf den blank polierten Parkettfußboden fiel. Er stand nur zwei Meter vom Kind entfernt in der Küchentür. Mit hochgezogenen Lefzen starrte er es mit matten, kalten Augen an. Friederike stand wie angewurzelt da, unfähig fortzulaufen, geschweige denn, sich auch nur zu bewegen. Ihre Angst hatte einen neuen Höhepunkt erreicht. Noch niemals zuvor beschlich sie ein so unangenehmes Gefühl des Alleinseins und der Hilflosigkeit wie in diese Minuten. Der Hund kam näher, knurrte lauter. Friederike konnte seinen warmen, übelriechenden Atem spüren. Erste Tränen kullerten die Wangen hinunter, die sie, nur kurze Zeit später in Sturzbächen ihre Bahn brachen. Friederike spürte nicht den lauen Windzug, der sie umschmeichelte. Sie nahm nur halb den Gegenstand wahr, der über sie hinwegsauste. direkt an den Kopf des schwarzen Schäferhundes, der mit einem irren Geheul zurückwich. Friedrich hatte zur rechten Zeit wieder die Kontrolle über sich selbst gefunden. Der Stein, den aus Bertrams Garten aufhob und mitnahm, prallte an der

Wand ab und hinterließ einen tiefen Eindruck auf der Oberfläche.

„Kornm schnell!" Er griff seine Tochter um die Hüfte.

Sie schrie überrascht auf, als sie mit einem Ruck nach hinten gerissen wurde und wie ein Mehlsack unter ihres Vaters Arm baumelte. Die Zeit, die Franz benommen mit sich selbst zu tun hatte, nutzten beide zur Flucht. Die Haustür flog polternd ins Schloß.

Friedrich atmete ein wenig auf, aber verringerte sein Tempo nicht, aus Angst, daß sich der Hund schneller als erwartet erholen würde. Sie erreichten den Lieferwagen hatten dabei eingeschränkte Sicht zum Hof. Samsons bleicher Kopf, der mit Blut bespritzt auf der Wiese lag war genau zu erkennen. Friederike spähte in dieselbe Richtung, konnte aber nichts sehen, weil ihr Vater ihr sofort mit seinem Körper das Blickfeld versperrte. Zum Glück war die Fahrertür nicht verschlossen. Er riß sie heftig auf schob mit sanftem Druck das Kind auf den Beifahrersitz und verschloß sie wieder, kaum daß er selbst Platz genommen hatte. Das war geschafft. Alles war ruhig. Nichts zu sehen von dem Hund oder auch sonst jemanden.

»Alles in Ordnung, Mädchen?« Er musterte Friederike gründlich und vergewisserte sich, daß sie sich auch nirgendwo weh getan hatte.

„Warum macht Franz das?" Friederike schluchzte leise. Sie war aber schon sichtlich erleichtert, daß ihr Vater bei ihr war.

»Warum ist er so böse? Wir haben ihm doch nichts getan?«

Sie nahm ein mit lustigen Stickereien besetztes Taschentuch aus einer versteckten Tasche, die sich an der rechten Seite ihres Kleidchens befand, und putzte sich die tropfende Nase.

»Vielleicht hat ihn jemand geärgert?« Ohne noch weiter darauf einzugehen, griff er automatisch zum Zündschloß und versuchte den Motor zu starten.

»Scheiße! Die Autotür läßt der Kerl auf, doch den Schlüssel zieht er ab.«

Eine große Enttäuschung für Friedrich, doch innerlich hatte er damit schon gerechnet.

»Papa, ich gehe hier nicht raus.« Friederike sagte das mit einer Entschlossenheit, die ihren Vater beeindruckte. Sie lehnte sich tiefer in den Sitz hinein, berührte mit dem Hinterkopf die halb geöffnete Trennscheibe zwischen Fahrerkabine und Transportraum. Sie spürte einen kaum wahrnehmbaren Windhauch, der ihr um den Nacken streifte.

»Das müssen wir aber, Kleines. Hier drinnen ist es viel zu heiß, und wir können es nicht riskieren, irgendein Fenster zu öffnen.« Friedrich sah zu seiner Garage, deren Tor geöffnet war. Johanna hatte den Wagen genommen und war zum Einkaufen gefahren. Es war mittlerweile schon drei Uhr am Nachmittag. Johanna konnte jeden Augenblick auftauchen. Sie mußten wenigstens zur Garage gelangen.

Von dort aus könnte er telefonieren. Wenn er nur nicht so vernagelt gewesen wäre und das Handy auf der Werkbank liegengelassen hätte. Verdammt noch mal. Sonst hatte er es doch auch immer am Mann. Diese Hitze! Die Sonne schien sie verbrennen zu wollen.

»Ich find' es hier ganz angenehm. Von hinten ist es schön kühl.« Friederike konnte ganz schön stur sein, sie schaute traurig und wußte dabei, daß sie damit die Meinung ihres Vaters ganz schnell ändern würde. Dieser melancholische Blick in ihren Augen machte Friedrichs Herz weich. Er konnte bei ihr einfach nicht nein sagen. Vielleicht hätte er bei ihrer Erziehung oft strenger zu Werke gehen sollen, als er es in Wirklichkeit tat. Es war nicht so einfach ein Kind aufzuziehen. besonders dann nicht wenn man wie er viel zuviel arbeitete und seinen Sprößling zu selten sah. Sollte er auch hier Friederikes Überredungskünsten unterliegen würden sie aus dieser mißlichen Situation wohl nicht heil herauskommen. Friedrich hatte sich entschieden. Er mußte versuchen, in die Garage zu gelangen. Es blieb ihm keine andere Wahl und es wäre wohl das Beste wenn er Friederike Luise im Transporter ließ. Das war zur Zeit der sicherste Ort, obwohl einem diese Hitze nun wirklich zu schaffen machte.

»Nun gut. Kleines. Du bleibst so lange hier drin, bis ich wieder da bin. und rühr dich ja nicht von deinem Platz!«

»Geh nicht!« Die Stimme des Mädchens bebte. Sie hatte Angst und sie wollte auf gar keinen Fall schon wieder alleine gelassen werden. Friedrich öffnete die Tür nur einen kleinen Spalt und schloß sie gleich wieder.

»Was hast du da vorhin gesagt?«

»Geh bitte nicht. Papa!«

»Nein, nicht das. Du sagtest vorhin, daß es hier dort schön kühl ist!« Er konnte nicht verstehen. daß man das am wohl heißesten Tag des Jahres sagen konnte. Es sei denn, von irgendwoher dringt frische Luft ein. Es gab eigentlich nur eine Möglichkeit, die Temperaturen im Wageninneren zu senken, nämlich die, daß man die hintere Ladetür des Fahrzeugs öffnete und das würde bedeuten ... !

Friedrich riß seine Tochter mit einem kräftigen Ruck von ihrem jetzigen Sitzplatz. Sie schrie überrascht auf. Im selben Moment schoß die schwarze Schnauze von Franz durch die Öffnung des Trennfensters und verfehlte nur knapp das linke Ohr des Kindes. Sie drückte sich fester um den Hals ihres Vaters. Ihr Herz raste und schlug die wildesten Purzelbäume. Franz zwängte seinen Kopf durch den Spalt. Seine weißen Fangzähne blitzten im Sonnenlicht.

»Scheiße!« Das war alles. was Friedrich jetzt über die Lippen kam. Nicht sehr freundlich, aber der einzig passende Begriff, der die momentane Situation am ehesten beschrieb. Nun saßen sie wirklich in der Tinte. Wenn dieser Köter sich durch das Fenster zwängte, es war groß genug, und er würde es zweifellos schaffen, war es um sie beide geschehen. Friedrich versuchte mit dem rechten Fuß die Scheibe zuzuschieben. Der Hund gebärdete sich nun wilder. Grunzte und knurrte, schüttelte seinen ekelhaft klebrigen Speichel auf die Schonbezüge der Sitze und den Schuh des jungen Mannes. Beim ersten mal klappte es noch nicht. Auch beim zweiten mal nicht. Aber immerhin erreichte Friedrich, daß der Kopf des Schäferhundes festsaß. Er konnte nicht vor und nicht zurück. Die Arretierung war eingerastet und ließ nur sehr schwer nach. Die kurze Erleichterung wich plötzlich schmerzendem Entsetzen. Franz schlug seine kräftigen spitzen Vorderzähne in seinen Fuß. Der Hund hatte immer noch genügend Spielraum, um sich wehren zu können. Friedrich zog sein Bein zurück. Es blieb aber nur bei dem Versuch. Die Schmerzen waren einfach zu groß. Friederike Luise drückte sich noch fester an ihn und wimmerte laut schluchzend vor sich hin. Friedrich wußte, daß er nicht allzuviel Zeit hatte, denn wenn sich der Hund erst einmal festgebissen hatte, würde es sehr schwer werden, überhaupt lebend herauszukommen.

Mit dem letzten Mut der Verzweiflung riß Friedrich sein Bein nach unten und konnte somit, wenn auch nur mit größter Mühe, dem schmerzhaften Zugriff des Tieres entkommen. Der Schuh war eigentlich nur noch ein blutüberströmter brauner Lederfetzen, der seinem Namen gewiß nicht mehr alle Ehre machte. Auch wenn er mit seinem Fuß kaum noch auftreten konnte, eins stand auf jeden Fall fest, er mußte so schnell wie möglich die hintere Tür schließen.

Im schmerzverzerrten Gesicht schien kein Blut mehr vorhanden zu sein. Es glich eher einer Totenmaske, wie sie die ägyptischen Pharaonen vor ihrer Beisetzung verpaßt bekamen. Am liebsten hätte er seine Schmerzen laut herausgeschrien. Doch er wollte seine Tochter nicht noch mehr verängstigen, als sie es ohnehin schon war.

»Ich bin gleich wieder da.« Er versuchte, sie behutsam zwischen den Fußpedalen zu platzieren. Sie klammerte sich jedoch wieder fester an ihn.

»Ist ja gut, Kleines. Es dauert nicht allzu lang. In ein paar Sekunden bin ich wieder zurück.« Sie ließ den Griff etwas lockerer, aber vergrub weiterhin ihr Gesicht der Schulter ihres Vaters.

»Ich hab' Angst, Papa. Laß mich nicht allein!" schluchzte noch immer, und in ihrer Stimme war schon was wie Unsicherheit zu hören. »Ich bleib' in deiner Nähe. Die Hintertür muß geschlossen werden. Es ist nicht weit.« Franz riß an sich. Er drehte den Kopf nach links, dann nach rechts. Versuchte sich zu befreien. Es hätte es auch beinahe geschafft. Doch Friedrich hatte das Tier andauernd beobachtet und stieß die Scheibe wieder zurück. Der Hund schrie auf, doch sein Knurren berhielt er bei.

»Bitte tu mir den Gefallen, ja?« Diesmal gab sie seinen sanften Druck nach. Sie glitt schnell nach unten. Das Mädchen verkroch sich, machte sich noch kleiner als sie ohnehin schon war. Ein winziges, trauriges Knäuel, bei dem nur ein Teil des blonden Haarschopfes hervorlukte. Der kleine Kerl in seinem Fuß arbeitete mit einer Spitzhacke und jagte eine Welle pochenden Schmerzes durch sein Bein. Friedrich biß sich auf die Lippe. Jetzt hieß sich zusammenzureißen, es mußte alles schnell gehen. Vielleicht viel zu schnell für seinen Fuß.

»Komm Junge, beiß die Zähne zusammen und raus mit dir!« Er murmelte diese Worte nur, mehr für sich selbst bestimmt. Kaum hatte er sich damit ein wenig Mut gemacht, da legte er sich schon in die Fahrertür und riß sie auf. Franz, der seine Chance gekommen sah war vollkommen außer sich, der ganze Lieferwagen wackelte bei seinen wilden Gebärden. Langsam aber sicher gab auch das Fenster wieder nach, das zum Glück für die beiden Insassen so lange durchgehalten hatte. Der junge Mann sprang hinaus, den Türgriff noch in Hand machte er ein paar Schritte vorwärts. Eine wahre Sturzflut von Schmerzwellen durchzuckte seinen Fuß bis hoch in den Körper hinein.

»Halt durch, du hast nicht die Zeit, hier noch ohnmächtig zu werden.« Er sog geräuschvoll frische Luft ein und konzentrierte sich auf die Schiebetür. Der schwarze Schleier vor seinen Augen verschwand wieder. Sein Herz hämmerte wie wild, und der Schweiß lief in Strömen. Erst als die Tür ins Schloß fiel, beruhigte er sich wieder. Der Schäferhund randalierte nach wie vor. Ein splitterndes Geräusch verursachte bei Friedrich eine Gänsehaut und nur wenig später bearbeitete Franz die eben geschlossene Tür vom Innenraum her. Die Hitze schien unerträglicher zu werden. Wer weiß, wie lange der Anflug der Raserei dieser Bestie standhielt. Die Handfläche waren naß vor Schweiß. Er rutschte vom Türgriff als er versuchte die Tür zu schließen.

Friedrich spürte eine gewisse Erleichterung. Nich viel aber groß genug, um ein wenig klarer denken zu können. Doch urplötzlich wurde es ruhiger. Nur noch ein dunkles Knurren aus dem Inneren des Fahrzeugs war zu hören. Fassungslos starrte er durch die Fenster den Hund an, der sich anschickte, sich durch die

Trennwände zu zwängen. Ernüchterung machte sich in ihm breit. Dieser verdammte Köter war doch nicht so blöd, wie er immer dachte. Wenn er den größeren Fang nicht kriegen konnte, dann nahm er sich eben das kleinere Opfer.

»Nein! Niemals!« Nein, er würde niemals zulassen das seiner Tochter irgend etwas passierte, und wenn er selbst dabei umkam. Blitzschnell griff er nach der Fahrertür, die angelweit offen stand. Fiederike streckte ihm ihre Arme entgegen. Er nahm sie auf, schlug die Tür zu, so daß sie mit einem kompakten Geräusch ins Schloß fiel. Dieser schwarze Teufel sprang auf die beiden zu, mußte aber die Bekanntschaft mit härterem Glas machen und sah für einen Moment ziemlich verdutzt drein, als seine Schnauze von dem Aufprall immer kleiner zu werden schien. Das bei ihm einsetzende Geheul kam nur halbherzig. Er besann sich wieder eines Besseren. Auf seinen Zorn. Den er auf diesen großen und den kleinen Menschen hatte. Irgend etwas drängte sich in ihm auf. Trieb ihn nach vorn, etwas zu machen, was er eigentlich nicht wollte. Wollen kann gar nicht die Rede sein. Er mußte es einfach tun.

Ein Jubelschrei ging durch Friedrichs Körper. Jetzt bloß weg hier und die Polizei gerufen. Sollten die sich um dieses Vieh kümmern. Er drehte sich um, blieb aber stehen, da ihn was zu behindern schien. Friederike hob erstmals seit einigen Minuten ihren Kopf.

»Halt an, Papa, mein Kleid!« Ihre Stimme klang noch etwas unsicher, und die Augen waren vom vielen Weinen rot angelaufen, aber auch sie bemerkte, daß ihnen der Hund nicht mehr gefährlich werden konnte. In sie kehrte wieder die Freude zurück, mit der sie die Menschen, die sie kannten, stets erfreute.

Ihr Kleid hatte sich in der Tür eingeklemmt. Nichts Weltbewegendes, aber es hielt auf. Friedrich konnte es nicht riskieren, die Tür auch nur einen Spalt breit wieder zu öffnen. Deshalb zog er einmal kräftig an dem Kleid und riß dabei einen handgroßen Fetzen Stoff heraus. Friederike sah ihren Vater kurz mit einem nicht wirklich bösen Blick an. Es war eines ihrer Lieblingsstücke gewesen, doch es mußte nun mal sein. »Ich schenke dir ein Dutzend andere.« Friedrich stupste die Nase seiner Tochter und ging schweigend mit ihr auf dem Arm zurück zum Haus, mit der festen Absicht, die

Polizei zu rufen.

Der Wind hatte mittlerweile aufgefrischt und blies eine kühle Brise über das dicht mit Bäumen bewachsene Stadtviertel. Friedrich hatte es sich wieder im Wohnzimmer bequem gemacht. Er wartete ungeduldig auf die Polizei, die seiner Meinung nach schon längst hätte da sein müssen. Obwohl er erst sechs Minuten wartete, kam es ihm vor wie eine Ewigkeit. Friederike saß ganz still ihm gegenüber und malte in einem dieser Zeichenbücher für Kinder, die Johanna ihr andauernd mitbrachte. Apropos Johanna, es wurde langsam auch Zeit für sie, nach Hause zu kommen. Er konnte einfach nicht verstehen, wie man seit dem frühen Morgen am Einkaufen ist. Immerhin war es schon vierzehn Uhr und vier Minuten. Sollte sie vielleicht fremdgehen? Friedrich schüttelte verärgert den Kopf. Bei aller Liebe, jetzt war wirklich nicht die Zeit, sich seinen Eifersüchteleien hinzugeben. Wenn sich seine Vermutungen allerdings als wahr herausstellen sollten, dann würde er darauf reagieren. Wie und wann, konnte er noch nicht sagen, aber daß dann etwas passieren würde, dessen war er sich ganz sicher. Die Hitze war nicht mehr ganz so stark wie noch vor einer Stunde, aber warm genug, um am Schwitzen zu bleiben. Die Stille dazu machte das alles unerträglich. Der junge Mann stand genervt auf. Sein nasses T-Shirt, das an dem braunen Sesselleder klebte, zog sich mit einem ziehenden, hohen Geräusch von dessen Oberfläche ab. Das Ziel war der Schaltschrank der Klimaanlage, der keine zwei Meter von den Sesseln entfernt direkt neben dem Telefontisch in die Wand eingefaßt war. Von außen war das nur schwer zu erkennen. Vornehmlich auch deshalb, weil er sich von dem weißen Farbanstrich kaum unterschied.

In Friedrich stieg wieder das Verlangen nach einem eiskalten Bier. Dazu noch ein oder am besten gleich zwei Weinbrand und der Tag könnte vielleicht sogar noch ein ordentliches Ende nehmen. Er spürte wieder die irrationale Wut in sich, die immer wieder dann hochkam, wenn er zum Nichtstun verdammt war. Er besah sich seine rechte Hand, die er zu einer Faust geballt hatte. Die Haut darauf war weich, keine Schwielen, keine Risse. Gut gepflegt. Es mußte schon eine halbe Ewigkeit her sein, daß er seine Hände das letzte mal für schwere körperliche Arbeit benutzte. Als Siebzehnjähriger auf einem Obsthof. Damals konnte er noch jeden Cent in seinen Knochen spüren. Jetzt, da er ausreichend Geld hatte, sprach es sich so einfach darüber, wie man es sich verdient hat, und er sollte auch dankbar dafür sein. Jede Arbeit ist schwer, mehr oder weniger, doch dies alles hat nichts, aber auch gar nichts mit seiner körperlichen Fitneß zu tun, und die erwies sich da draußen alles andere als gut. Er holte tief Luft, schlug mit der geballten Faust auf den Schaltschrank ein. Schmerz durchfloß wieder seinen Körper, doch nicht seine Finger oder die ganze Hand taten ihm weh, sondern der verletzte rechte Fuß, den er dazu belastete, brachte sich wieder in Erinnerung zurück. Friederike Luise erschrak. Verwirrt sah sie abwechselnd zu ihrem Vater und den Schaltknöpfen, von denen zwei abgebrochen auf dem weichen Teppichboden lagen. Angenehm kühle Luft strömte durch den Raum, und das leise Surren der Klimaanlage begleitete jeden einzelnen Hauch davon.

»Wenn ich das gewußt hätte, wäre ich schon früher auf die Idee gekommen«, sagte Friedrich etwas verschämt über seine Unwirschheit. Vor seinem Kind konnte er ja nun wirklich die Fassung behalten und nicht gleich wegen jeder Nichtigkeit ausrasten. Friederike Luise nahm das mit einem zustimmenden Nicken zur Kenntnis und machte sich wieder über ihr Malbuch her. Friedrich humpelte zurück zum Sessel. Geduld war noch nie eine seiner Stärken gewesen, und daß sich die Ordnungshüter so lange Zeit ließen, gefiel ihm ganz und gar nicht. Immerhin lag da draußen ein toter Mensch. Einer? Gleich zwei! Obwohl man Bertram eigentlich nicht als solchen betrachten konnte.

Dann war ja noch diese durchgedrehte schwarze Bestie im Lieferwagen.

Komisch. Diese Ruhe. Noch vor zwei Minuten tobte dieses Mistvieh wie in tollwütiger Rage. Daß das Tier an dieser tödlichen Krankheit litt, hielt der junge Mann aber für ausgeschlossen. Dafür sah der Hund noch zu gepflegt aus, und bei seinem Gebaren hätte er doch schon in dessen Endstadium eingetreten sein müssen. Er wollte einfach nicht darüber nachdenken, was passierte, wenn er sich eine Infektion eingefangen hätte. Grauenhaft. Bei diesem Gedanken lief ihm ein kalter Schauer über den Rücken. Er schielte kurz über seine Schulter durch das Fenster, das den Blick auf die Grundstückseinfahrt freigab. Keine Menschenseele war zu sehen. Die Straße war für diese Tageszeit ungewöhnlich leer. Nicht ein einziges Fahrzeug auf dem dunklen Asphalt. Das war beunruhigend, aber ein schiefes Grinsen konnte er einfach nicht unterdrücken. Wenn man einen Menschen brauchte, egal wer es war, nur irgend jemand, der in der Nähe war, um zu helfen, dann war die Gegend wie ausgestorben.

»Was ist lustig?« fragte Friederike ihn mit hochgezogenen Augenbrauen. Auch sie konnte ein leichtes Schmunzeln nicht verhindern.

»Nicht so wichtig. Ich mußte gerade an etwas denken, daß immer dann passiert, wenn man so seine Schwierigkeiten hat. Was malst du?« Friedrich reckte seinen Hals etwas mehr. Sein Fuß schmerzte ein wenig und mit ihm aufzutreten, daran war erst gar nicht zu denken.

»Ich male ein paar Tiere aus.« Über das Interesse ihres Vaters verwundert, aber sichtlich erfreut, sprang sie mit dem Buch und ein paar Farbstiften auf und setzte sich auf seinen Schoß, um ihm ihre Arbeit zu zeigen.

»Ein lila Fuchs. Das ist gut, das ist sogar sehr gut.« Er konnte das Lachen gerade noch unterdrücken.

»Rot ist ausgegangen «, rechtfertigte sie sich halbherzig, und dabei konnte Friedrich sehen, daß dem nicht so war. Ihr Gesicht nämlich färbte sich rot.

Draußen vor dem Fenster rührte sich etwas, ein Auto, ein Rascheln oder vielleicht das Hecheln eines Hundes. Wer weiß das schon. Jedenfalls hörte Friedrich nur mit einem halben Ohr hin. Das andere schenkte er seiner Tochter, die nach seiner eigenen Meinung schon genug durchgemacht hatte. Ein bißchen Abwechslung täte ihr nur zu gut.

»Was ist denn das für ein Tier?« Sie runzelte angestrengt die Stirn.

»Welches?« Auf den beiden Seiten, die sie jetzt ansahen, waren vier Tiere abgebildet.

»Na, das da.« Ihr kleiner Finger zeigte zu jenem, das unten rechts abgebildet war. Erst konnte Friedrich es auch nicht erkennen. Ziemlich plump und ein wenig naiv war es schon abgebildet. Aber letztendlich konnte es sich doch nur um einen Polarbären handeln.

»Das ist ein Eisbär. Jedenfalls sieht es wie einer aus.« Ganz sicher war sich der junge Mann dennoch nicht.

»Ach so, ein Eisbär. Ich dachte immer, die wären weiß, oder gibt es auch welche, die anders aussehen?«

»Ist schon richtig, die sind nur weiß ,«

»Und wieso ist einer in meinem Malbuch? Der Untergrund ist ja weiß, da braucht man ihn ja nicht mehr auszumalen.«

Friedrich sah Friederike verdutzt an. Es war so offensichtlich, daß er es hätte auch merken müssen. Na ja, Erwachsene sahen das alles komplizierter, als es in Wirklichkeit war. Irgendwie lächerlich war es schon. Einen Eisbären in ein Malbuch aus weißem Papier zu drucken. Wieder rührte sich etwas unter dem Fenster direkt hinter seinem Rücken. Doch auch diesmal achtete Friedrich nicht darauf. Vielmehr durchschoß eine neue pochende Schmerzwelle seinen Fuß bis in den Oberschenkel. Dieses rote, fleischige Etwas, womit er früher einmal ganz ordentlich laufen konnte, trieb ihn noch einmal in den Wahnsinn.

Obwohl die Wunde so gut es ging verbunden wurde, war er sich doch nicht sicher, daß er die Blutungen fest im Griff hatte. Im Gegenteil, die ersten dunklen Flecken auf dem hellen Stoff machten Friedrich Sorgen.

»Bringst du mir bitte den Verbandskasten her, Süße?"

Die Wunde mußte endlich richtig versorgt werden. Andernfalls würde eine Infektion alles noch schlimmer machen. Friederike sprang behende auf den braunen Teppichboden und lief zur Couch zurück, auf der schon der geöffnete Verbandskasten lag. Vielleicht war es nur Zufall. Kann sein, es war Glück. Sei es, wie es sei. Jedenfalls bekam sie das weiße Kästchen mit dem Erste-Hilfe Schriftzug nicht richtig zu fassen und all die Mullbinden, Pflaster und Medikamente fielen zu Boden.

»Tut mir leid!« murmelte das Mädchen traurig. Ihre Arme und ihre Knie waren immer noch weich wie Pudding. Nur ganz langsam erholte sie sich von dem Schrecken draußen im Auto. Sie kroch sofort unter den Tisch, unter dem die meisten Sachen lagen.

»Ist schon gut...!" Friedrich kam nicht mehr dazu, das letzte Wort auszusprechen. Klirrend flog splitterndes Fensterglas auf ihn herab.

Er versuchte aufzuspringen. Panik, Angst und Hilflosigkeit stieg in ihm auf. Etwas schnappte gurgelnd nach seinem Oberarm. Friedrich riß ihn nach vorn, drehte sich um. Schmerz durchflutete nicht mehr nur seinen Fuß.

Sein rechter Oberarm hatte auch seinen Teil abbekommen. Aber nicht sehr viel. Es blutete nur wenig. Tat aber um so stärker weh. Der schwarze Schäferhund hielt inne und belauerte sein Opfer, er roch dessen Angst. Franz schien keine Eile mehr zu haben. Vielleicht war er sich schon sicher, daß der Mann und das Kind ihm jetzt nicht mehr entkommen konnten.

»Denk endlich nach.« Wenn nur nicht diese Schmerzen die Gedanken vernebeln würden. Die Küchentür stand offen. Das war schon einmal viel wert. Wenigstens ein Fluchtweg hier raus.

»Friederike?«

„Ja, Papa?« Sie weinte leise vor sich hin, wirkte aber im großen und ganzen beherrscht.

»Hör mir jetzt gut zu. Du kommst unter dem Tisch hervor und gehst langsam in die Küche. Schließ dann aber so schnell es geht die Tür. Hast du mich verstanden?«

»Aber nur, wenn du mitkommst.«

»Keine Widerrede. Entweder du machst, was ich dir eben gesagt habe, oder ich versohle dir so deinen Hintern, daß du die nächsten vier Wochen nicht mehr sitzen kannst.« Er sprach lauter, als er es je für möglich gehalten hätte.

Doch tief im Inneren seines Herzens wußte er, daß er sein Kind aus diesem Raum schaffen mußte, und wenn es nur mit purer Gewalt gehen sollte, dann würde er auch keine Sekunde zögern sie auch anzuwenden. Friedrich durfte sich kein bißchen vom Fleck rühren, sonst war es um ihn geschehen. Drum sagte er nur noch in einem etwas schärferen Ton »Tu es!« und sah sie mit einem bösen Blick an, während er Franz` Verhalten aus den Augenwinkeln heraus beobachtete. Der Hund stand immer noch wie versteinert auf der Couch. Sich nicht bewegend, knurrte er nur leise vor sich hin und schien sich an der Angst der Menschen zu erfreuen. Friederike krabbelte unter dem Tisch hervor, am ganzen Leib zitternd und noch ein wenig unentschlossen. Doch wenn Papa sagte, daß sie in die Küche gehen sollte, dann mußte sie es eben tun. Das seine Androhung einer Tracht Prügel ein wenig bei ihrem Entschluß etwas nachgeholfen hatte, konnte man sicher verstehen. Sie setzte vorsichtig einen Fuß vor den anderen. Das Mädchen hatte zu weinen aufgehört, war jetzt vollkommen damit beschäftigt sich der Küchentür zu nähern. Es war nicht einfach, langsame Schritte zu machen. Die Muskeln in ihren Beinen wollten schneller, doch sie hielt sie, wenn auch nur mit größter Mühe, unter Kontrolle.

Am liebsten wäre sie einfach losgelaufen, hinein in die Küche und die Tür hinter sich zugeschlagen. Dann konnte ihr der böse Hund nicht mehr gefährlich werden. Ihr kleines Herz raste wie wild, nur noch zwei Meter zur Tür.

Friedrich stellte zu seiner großen Genugtuung fest, daß Friederike in dieser mißlichen Lage gehorchte, und das hieß, daß sie ihm vertraute. Das war gut.

Franz` Knurren schwoll zu einem stärkeren Grollen an. Es schien, als hätte er sich es nun überlegt, aber sein Kopf schwenkte zur Seite. Seine trüben Augen starrten auf das Kind, das sich nun kaum mehr als eineinhalb Meter von der Küchentür entfernt aufhielt. Die Glieder des schwarzen Hundes zuckten, als er zu einem gewaltigen Sprung ansetzte.

»Lauf, Friederike, lauf!« Friedrich erwischte einen von den riesigen Hinterläufen von Franz, riß das wütende Tier zu Boden und wehrte sich mit Armen und Beinen gegen ihn. »Nun mach schon!« Friederike stand nun wie angenagelt auf dem Fußboden. Das Friedrich jetzt mehr keuchte, als daß er sprach, wunderte so nicht.

Er rang mit dem Tier auf Leben und Tod. Die Krallen der Bestie gruben sich tief in das Fleisch seiner Oberarme ein, aus dessen Wunden dunkelrotes Blut quoll. Ein Zeichen dafür, daß sie nicht nur harmlose Kratzer auf der Haut waren, die sehr schnell heilen würden. Wenn er überhaupt noch eine Chance haben sollte, dann mußte er sich Franz` Nase vornehmen. Ihm ging es kurz durch den Kopf, und schon spürte er das kalte Teil auf seinem eigenen Gesicht.

»Papa!« kreischte Friederike ohrenbetäubend in den Raum. Einen Augenblick vergaß sie alles und wollte nur zu ihrem Vater. Der war jedoch alles andere als erfreut.

Franz riß sich ein wenig los, um sich auf das kleinere, hilflosere Opfer zu stürzen. Das Mädchen stand immer noch starr vor Schreck nur wenige Zentimeter von der rettenden Küchentür entfernt. Sie spürte, wie etwas Warmes ihr die Beine herunterlief. In einer anderen Situation hätte sie sich vielleicht geschämt, daß sie sich eingemacht hatte, doch jetzt nahm sie es nur aus weiter Ferne wahr.

Der schwarze Hund schoß ein großes Stück nach vorn. Sein Grollen war nur noch ein heiseres Gejapse. Sie schloß nun die Augen. Gar nicht erst hinsehen. Abwarten, was geschah. Ihr Papa ließ sie nie im Stich, würde sie nicht diesem bösen Tier überlassen.

»Verdammte Scheiße! Raus hier!« Friedrich war sich ganz sicher, wenn sie hier lebend herauskommen sollten, dann wäre er wahnsinnig. Seine ganzen Glieder schmerzten. Bei jeder auch noch so winzigen Bewegung zog und brannte es aus den blutenden Wunden.

Friederikes Augen waren immer noch geschlossen. Aus ihnen liefen Sturzbäche von Tränen die geröteten Wangen herunter. Vor ihr war nur das Knurren des Hundes und das Schnappen seiner zusammenklappenden Zähne zu hören.

Sie spürte Kälte in seiner Nähe. Eiseskälte, die bei ihr eine Gänsehaut verursachte. Friederike dachte darüber nach, daß normalerweise bei Lebewesen, ob Mensch oder Tier, Wärme ausgestrahlt wurde. Aber hier war es anders. Die Kälte war richtig spürbar. Genauso, als wenn sie die Kühlschranktür öffnete, um sich etwas zum Trinken zu holen. Franz schnappte immer weiter, bis einer seiner Fangzähne am Saum ihres Kleidchens hängenblieb. Sie schrie panisch auf, versuchte sich nach hinten zu stemmen, doch sie war einfach noch zu klein.

Ihr Vater hatte die ganze Zeit versucht, das Tier an seinem Fell zurückzuhalten. Er lag seitlich neben Franz und riß an ihm so fest er konnte. Seine Kleidung war von seinem eigenen Blut getränkt. Sein Körper ein einziges Mal schwerer und weniger schwerer Wunden. Friedrich sah, daß sich das Tier seine Tochter eingefangen hatte. Der Verstand schaltete um auf Kampf. Alles oder nichts. Leben oder Tod. Er sprang auf, als wäre er nicht so verletzt, wie er es in Wirklichkeit war und legte seine Arme um Franz` Hals. Auch er spürte diese unheimliche Kälte, die von dem Hund ausging. Doch für solche Nebensächlichkeiten war keine Zeit. Er riß den Kopf des Tieres zurück und schaffte es tatsächlich, sein Kind freizubekommen. Die Kleine stolperte, landete auf ihrem Hinterteil und schnellte sofort wie ein Stehaufmännchen auf die Beine.

Franz schaffte es, sich ein wenig Luft zu verschaffen, nicht viel, aber genug, um sich ihr auf ein paar Zentimeter zu nähern. Friedrich zog noch ein wenig stärker, ziemlich erstaunt über die Kraft dieses Tieres. Friederike schien angewachsen zu sein. Vielleicht war sie wie gelähmt. Das könnte man ihr nicht verdenken. Der junge Mann holte tief Luft, stemmte sich mit dem linken Bein nach hinten ab und stieß seine Tochter mit dem anderen Bein durch die geöffnete Tür in die Küche. Sie riß die Augen überrascht auf. Das Mädchen hatte mit vielem gerechnet, nur nicht mit dem. Der Stoß war nicht allzu stark und Friederike konnte ihn abfangen.

»Die Tür zu!" rief Friedrich ihr verzweifelt zu, wild mit dem Schäferhund ringend.

Daß er dabei fast in jeder Sekunde eine neue Wunde kassierte, war ihm schlichtweg egal. Als die Tür dann endlich ins Schloß fiel, atmete er erleichtert auf.

Friederike war in Sicherheit, das war alles, was jetzt zählte. Nun konnte er sich um sich selber kümmern. Doch ihm wurde leicht schwindlig und sein Bewußtsein begann zu schwinden. Da er schon sehr viel Blut verloren hatte, mußte das ja so kommen. Seine Kräfte ließen nach. Die ersten Schleier der Ohnmacht legten sich über ihn, in ihn hinein. Er hörte nur noch einen lauten Knall, und der noch wild an seinem Körper herumzerrende schwarze Hund fiel von ihm ab. In seinen abwesenden Gedanken schwebte das Gesicht einer nebligen Gestalt heran.

»Du wirst mich wiedersehen. Eines Tages wirst du mich wiedersehen. Das verspreche ich dir!« Die Gestalt verschwand hinter der dunklen Wolke der Ohnmacht.

Friedrich kam wieder zu sich, um sich herum spielende Lichter, die ihre Farben auf die umliegenden Häuser projizierten. Über ihm das Gesicht eines weiß gekleideten Mannes auf der einen und Johannas auf der anderen Seite. Sie hielt seine blutverschmierte Hand. Ein angenehmes Gefühl. Er drückte fester zu.

»Friederike?« Sein Mund war trocken und verspürte riesigen Durst. Doch was war mit ihr? Er drehte seinen Kopf nach allen Seiten, sah sie aber nicht.

»Der Kleinen geht es gut. Um dich müssen wir uns mehr Sorgen machen.«

»Der Hund, ist er tot?« In Friedrichs Innern baute sich wieder Spannung auf.

»Ja. Ein Polizist hat das Tier erschossen. Gerade noch rechtzeitig, will ich meinen. Bleib ganz ruhig, Liebling. Es wird alles wieder gut.« Die Türen des Krankenwagens klappten zu, und mit heulenden Sirenen fuhren sie davon.

»Sie ist doch auch dein Kind!« Friedrich stand vor dem Küchenfenster und sah Friederike Luise dabei zu, wie sie im kleinen Blumengarten hinter dem Haus ihren vier Lieblingspuppen Kaffee eingoß.

»Nein das ist sie eben nicht. Ich hätte gerne ein eigenes Kind von dir gehabt. Aber du, du erfindest immer neue Ausreden. Wie lange haben wir uns nicht mehr geliebt. Das ist wahrscheinlich schon Monate her.« Johannas Gesicht drückte Entschlossenheit aus. Eine Zielstrebigkeit, die sie in ihrer Ehe mit Friedrich Becker noch nie an den Tag gelegt hatte. Wenn sie weiter mit ihm zusammenleben wollte, mußte sie so handeln.

»Du mußt dich mal in mich hineinversetzen. Denkst du etwa, für mich ist es leicht? Nein, da irrst du dich gewaltig.« Friedrich dachte an sein Gespräch mit Doktor Jablonsky, und wie er ihm den Befund seiner Untersuchungen mitteilte.

»Herr Becker! Meine Befürchtungen haben sich bestätigt. Wenn sie nicht unverzüglich ihren übermäßigen Alkoholkonsum drosseln, das beste wäre natürlich, sie würden ihn ganz aufgeben, dann sehe ich keine Chance mehr, daß sie die Fünfzig erreichen. Denken sie daran, daß sie schon einen Zusammenbruch hatten. Hören sie bitte mit dem Trinken auf. Falls sie es nicht für sich tun wollen, dann eben für ihre Familie.«

An den genauen Wortlaut des Gesprächs konnte er sich ohnehin nicht erinnern. Nur dieses -für ihre Familie- blieb in seinem Gedächtnis haften. Sollte ihm das versagt bleiben, was jedem Mann lieb und teuer war, ein glückliches, langes Leben mit seiner Familie?

Damit wollte und konnte er sich nicht abfinden. In einer Welt, in der man mit Geld fast alles kaufen konnte was man wollte, gab es für Menschen, die wie Friedrich Becker ein solches Problem hatten, Abhilfe. Und gerade auch deshalb, weil es im richtigen Sinne bei Becker überhaupt nicht so schlimm aussah. Denn hätte Friedrich dem Arzt bis zum Schluß zugehört, wäre ihm die ganze Rennerei zu den verschiedensten Spezialisten erspart geblieben. Aber das lag nun mal in seinem Temperament.

Friedrich sah seine Frau ernst an. Sie saß mit zusammengepreßten Lippen auf der großen Couch. Johanna hielt sich bei solchen Streitereien selten zurück. Sie wollte ihm ihren Zorn zeigen und nicht hinter einem versteinerten Gesicht ihre starken Emotionen verbergen.

»Nun, und was soll daran so schwer sein, wenn ich mal fragen darf?« Ein böses Lächeln um die Mundwinkel begleitete die mit einem scharfen Ton gesprochenen Worte.

»Versteh mich doch. Ich will kein zweites Kind. Jedenfalls so lange nicht, bis ich diese verdammte Alkoholsucht endlich los bin.« Becker hielt kurz den Atem an, bevor er noch entgegnete: »Doktor Jablonsky hat mir eine Suchtklinik empfohlen, die äußerst erfolgreich arbeiten soll. Vielleicht lasse ich bei dieser Gelegenheit auch das Rauchen sein.«

Seine Hände zitterten, als er sich eine Zigarette zwischen die Lippen schob. Ring- und Zeigefinger seiner rechten Hand hatten sich mit der Zeit gelb gefärbt. Ein Zeugnis seiner vier bis fünf Schachteln Zigaretten täglich. An besonders schlimmen Tagen konnte es aber vorkommen, daß ein Glimmstengel dem anderen folgte. Das war meistens dann der Fall, wenn es besonders turbulent im Büro zuging. Becker hatte schon im Alter von siebzehn Jahren seinen ersten Immobilienverkauf getätigt. Mit diesen viertausend Mark für ein heruntergekommenes Lagerhaus, das er von seinem Großvater erbte, machte er sich selbständig. Mit den Jahren kam auch der Erfolg, der sich aber nur auf seine berufliche Laufbahn auswirkte, weniger auf sein Privatleben. Er war mittlerweile das dritte Mal verheiratet. Seine erste Frau, Barbara, verließ ihn schon nach sieben Wochen. Mit in ihrem

Gepäck seine ganzen privaten Ersparnisse. Ehefrau Nummer zwei, Diane, hielt es weit länger aus als die Vorgängerin. Viereinhalb Jahre. Sie hatte auch Friederike zur Welt gebracht. Mit der Geburt seines Kindes veränderte sich schlagartig sein ganzes Leben.

Er mußte jetzt Verantwortung tragen. Verantwortung für die Existenz eines kleinen Lebewesens, das ihn so stolz machte, wie er es nie für möglich gehalten hatte. Für einen relativ kurzen Zeitraum von drei Jahren schien das Glück nahezu vollkommen zu sein, bis an einem regnerischen Novembertag die familiäre Idylle zerbrach. Sie hatten sich wieder einmal in den Haaren gelegen. Er konnte sich nicht mehr genau erinnern, worüber sie überhaupt stritten. Es handelte sich aber sicher um nichts Wichtiges. Eine Bagatelle, bei der so manche Ehe in die Brüche geht. Zuerst gingen sie noch ruhig miteinander um. Redeten konstruktiv miteinander. Dann schleuderten sie sich die übelsten Schimpfworte an den Kopf, bis schließlich die Fäuste flogen. Diane packte noch in derselben Stunde ihre Sachen und verschwand, ohne ein Wort zu sagen. Man kann sich vorstellen, daß das Friedrich ziemlich mitgenommen hatte. Nie zuvor in seinem bisherigen Leben hatte er einer Frau so weh getan. Und das Schlimmste daran war, daß die beiden sich von ganzem Herzen liebten. Aber vielleicht irrte sich der junge Mann auch. Schließlich verschwand sie, ohne sich zu verabschieden. Weder bei ihm noch bei ihrer gemeinsamen Tochter. Trotzdem fühlte Friedrich sich mies.

Er versuchte zu vergessen. Ertränkte seinen Kummer im AlkohoL Einzig und allein die Tatsache, daß er sich jetzt ganz allein um Friederike Luise kümmern mußte, hinderte ihn vollends daran, ganz nach unten abzugleiten. Doch erst durch Johanna fand er wieder den Halt, den er brauchte, wenn auch nur in so geringem Maße, daß er seine Sucht nicht aufgeben konnte, sondern nur verdrängte.

In den ersten Monaten ihrer Beziehung nahm er sich die Zeit, die diese Frau eigentlich verdiente. Das hielt jedoch wie gesagt nur wenige Monate. In dem festen Glauben, genügend Geld erarbeiten zu müssen, um ihr und seinem Kind einen angenehmen Lebensstil weiter finanzieren zu können, schuftete er täglich bis in den späten Abend hinein. Daß das nicht lange gut ging, konnte man sich an den fünf Fingern einer Hand abzählen. Schließlich besteht eine innige Beziehung nur so lange, wie man sie hegt und pflegt.

Schon bald kam es zu den ersten Reibereien, und zu guter Letzt stritten sie sich so oft, daß Friedrich sich zu seinem Unglück immer tiefer in den Alkohol verliebte.

"Friedrich. Ich liebe dich von ganzem Herzen, das mußt du mir glauben, aber so kann es keine Zukunft für uns geben. Von alleine wirst du dein Problem nicht los. Du hast den Willen nicht dazu, sonst hättest du längst Jablonskys Hilfsangebot angenommen. Ich habe es langsam satt, über dieses Thema überhaupt noch ein Wort verlieren zu müssen. Eine Chance gebe ich dir noch, eine letzte. Am besten, du leitest gleich heute alles in die Wege, denn morgen könnte es zu spät sein.«

Sie sagte diese Worte mit Nachdruck, so daß auch keine Mißverständnisse aufkommen konnten. Friedrich wußte, was er davon zu halten hatte. Er kannte Johanna schon gut genug, um zu wissen, daß sie es in vollem Ernst meinte. Den Telefonhörer in der Hand wählte er die Nummer seines Hausarztes, wobei sein Blick flüchtig seine spielende Tochter streifte. Doch auf einmal stockte ihm fast der Atem. Doktor Jablonskys Sprechstundenhilfe meldete sich am anderen Ende der Leitung. Becker ignorierte sie, sein Verstand nahm zwar die gesprochenen Worte wahr, konnte aber damit nicht viel anfangen. Er legte den Hörer auf und wischte mit den freien Händen über die anscheinend verschleierten Augen.

»Was ist los? Du starrst so, als hättest du ein Gespenst gesehen.« Seine Frau stand direkt neben ihm. Erst als sie in dieselbe Richtung schaute, sah sie auch, was Friedrich derart die Sprache verschlug. Friederike Luise tanzte mit ihren Puppen im Kreis herum und lachte aus vollem Herzen. Ja, sie haben richtig verstanden. Die Puppen tanzten auch. Mit nahezu grazilen Bewegungen hüpften sie auf und ab. Erst links entlang, dann wieder rechts herum. Die künstlichen Gliedmaßen wirkten ebenso menschlich wie ihr freundlicher Gesichtsausdruck. Friedrich wußte nicht, wie er reagieren sollte. Erst nachdem er sich wieder ein wenig gefaßt hatte, kamen ein paar Worte über seine Lippen.

»Siehst du das auch, Johanna?«

»Und ob ich das tue. Das ist unmöglich. Ich sehe es zwar, aber glauben werde ich es darum nicht.«

»Ich wäre froh, wenn ich das gleiche von mir behaupten könnte.« Jedenfalls bin ich noch nicht verrückt. Es sei denn, wir sind beide übergeschnappt.

Mit Friederike an der Spitze stolzierten die merkwürdigen Spielkameraden am Fenster vorbei. Sie sangen und lachten dabei. Als die größte Puppe, ihr Name war wohl Veronica, wenn er sich recht erinnerte, durch das sich im Sonnenlicht spiegelnde Glas schaute, veränderte sich deren Gesicht zu dem einer alten Frau. Friedrich kam sie bekannt vor, als ob er sie schon einmal gesehen hätte, aber wo war das nur? Veronicas Lächeln umspielte zwar ihre Mundwinkel, aber erreichte nicht ihre Augen. Ihr Blick war kalt und vieldeutig. Die singenden Stimmen entfernten sich.

Nur noch ein hohes Summen übertönte die sonst so wohltuende, doch jetzt als ziemlich nervend empfundene Stille dieses Stadtteils. Da fiel es Friedrich wie Schuppen von den Augen. Dieses Gesicht kannte er nur zu gut. Vor ungefähr zwei Jahren sah er es schon einmal. Das gräßliche Grinsen und diese abscheulichen Falten.

»Die Frau aus dem Bad.« Beckers Hände fingen an zu zittern, und ein kalter Schauer des Entsetzens lief ihm den Rücken hinunter. Genau wie damals, als er bewegungsunfähig unter der Dusche stand.

»Was? Die Frau aus dem Bad?« fragte Johanna etwas ungläubig. Sie hatte sich die Puppe genau angesehen, und ihr war auch jene wundersame Verwandlung aufgefallen.

»Das du fremdgehst, das kann ich gerade noch so verkraften, aber daß du einen so schlechten Geschmack an den Tag legst, das hätte ich nicht einmal zu träumen gewagt.«

Friedrich wollte ihr barsch entgegnen, daß sie lieber den Mund halten sollte, als ihn mit undurchdachten Äußerungen nur in Rage versetzen zu wollen.

»Laß das bitte! Das verstehst du nicht«, sagte er jedoch nur und ging in den Garten. Johanna kannte den finsteren Ausdruck in Friedrichs Gesicht zur Genüge, denn jedes mal, wenn er auftauchte, konnte er ganz schön gemein werden. Deshalb schluckte sie die sarkastische Meinung, die ihr auf den Lippen lag, wieder hinunter.

»Friederike! Komm sofort her!« Seine Stimme war fest und duldete nicht den geringsten Widerspruch.

»Aber Papa, ich will spielen.« Das Mädchen quengelte. Sie setzte wieder ihren bittenden Blick auf, mit dem sie schon unzählige Male ihren Willen durchgesetzt hatte. Doch heute schien er wirkungslos zu verpuffen.

»Friederike! Komm her! Ich habe dich noch nie geschlagen, aber wenn du nicht auf der Stelle zu mir kommst, versohle ich dir so den Hintern, daß du die nächsten Tage im Stehen oder auf dem Bauch liegend verbringen wirst.

Die Kleine wollte noch was entgegnen, doch irgendwas in der Stimme ihres Vaters mißfiel ihr, so ging sie schließlich, ohne zu murren, zu ihm hin.

»Hast du nicht gesehen, mit wem du da gespielt hast?« Friederike sah zu ihrem Vater auf und las in seinen Augen, daß er nur so tat, als ob er ungehalten wäre. Vielmehr sprach aus seinen Augen Unglaube und tiefe Sorge.

»Was meinst du?«

»Na, die Puppen. Träume ich, oder hast du da eben mit den Puppen ein Lied gesungen?«

»Ach so. Das ist doch toll, nicht wahr?« Das Mädchen war froh, daß sie nichts Böses verbrochen hatte. Sie lächelte wieder ein wenig.

»Die Puppen sind Spielzeug und keine Menschen. Sie können sich nicht bewegen wie wir und auch nicht sprechen wie wir. Ich mag sie nicht, und deshalb müssen diese Dinger weg.«

»Warum denn, Papa? Es sind doch meine Freunde! War ich ungezogen, dann gib mir einen Monat Stubenarrest, aber nimm mir nicht meine einzigen Freunde!« »Begreifst du denn nicht, wovon ich spreche? Puppen können sich nicht bewegen, sie können auch nicht singen und schon gar nicht tanzen. Das ist einfach unmöglich.« Friedrich war leicht verwirrt. Er hatte es gesehen und seine Frau auch.

Alle drei waren Zeugen dieses Vorgangs, und er erzählte nun, daß das nicht ging?

Ja, es ging einfach nicht.

»Meine können es aber!« Friederike wurde jetzt ärgerlich, und trotzig erklärte sie ihrem Vater, daß ihre neuen Spielgefährten mehr Zeit mit ihr verbracht hätten als er selber. Das traf dem Mann schwer, denn er gab sich die größte Mühe mit ihr.

»Ist das deine ehrliche Meinung?«

»Du arbeitest bis spät in die Nacht hinein, und wenn du dich entschließt, mal ein wenig früher heimzukommen, dann bist du betrunken.«

»Sehe ich etwa aus, als ob ich getrunken hätte?«
Friedrichs Stimmung verschlechterte sich zusehends.

»Nein, Papa. Aber dafür streitest du dich mit Johanna.«
Sie hatte vollkommen recht mit dem, was sie sagte, und
das wußte er nur zu gut. Doch er konnte sich nicht von
seinem Kind vorschreiben lassen was er zu tun und zu
lassen hatte.

Dafür hatte er nun wirklich nicht die Nerven.

»SO, junge Dame. Ab auf dein Zimmer, und zwar ein
bißchen schnell, wenn ich bitten darf.« Friederike
gehorchte nur widerstrebend. Mit gesenktem Kopf
verschwand sie im Haus und versuchte gar nicht erst,
was zu entgegnen.

Becker konnte seine Gefühle nicht einordnen. Er war
froh darüber, daß diese Unterhaltung nun zu Ende war.
Gleichzeitig tat ihm Friederike Luise leid. Was hatte sie
denn getan, daß er sie bestrafen mußte. Gar nichts!
Nichts, außer ihm die Wahrheit zu sagen. So weit war
es nun schon gekommen, daß er selbst nicht mehr die
Wahrheit zu erkennen glaubte. Der Alkohol? Das wäre
nur zu leicht, alles auf seine Sucht abzuwälzen, da
machte man es sich viel zu einfach. Er hatte sich
seinem Kind entfremdet. Es war doch nicht zuviel
verlangt, wenn er sich ein paar Stunden mehr Zeit für
sie nehmen würde.

»Du hast richtig gehandelt, Friedrich.« Johanna hatte
alles mit angesehen und den Zweifel auf seinem
Gesicht entdeckt. Sie versuchte ihm Mut zuzusprechen.
Doch das bestärkte Friedrich immer mehr in der
Ansicht. daß er unrecht hatte.

»Ich weiß nicht. Wie hätte es dir gefallen, wenn dein Papa dir deine ganzen Puppen weggenommen hätte?«

»Vielleicht hätte ich geweint und eine Zeitlang nicht mit ihm geredet. Nach einer gewissen Zeit...« Die blonde Frau dachte noch einmal darüber nach und kam doch zu dem wenig aussagekräftigen Schluß, daß sie nicht genau wußte, was danach passiert wäre.

»Ich muß dir ehrlich sagen, daß ich nicht die geringste Ahnung habe, was ich noch angestellt hätte. Aber darum geht es hier doch überhaupt nicht. Fakt ist, das das kleine Biest endlich mal lernt zu gehorchen. Du verwöhnst sie doch viel zu sehr, und das ist nicht gut. Nicht für ein Kind in ihrem Alter.« Johanna wies mit einer losen Kopfbewegung auf das obere Geschoß zum Fenster des Kinderzimmers. Die Gardine bewegte sich leicht zur Seite. Daß da oben

ihre Stieftochter an der Glasscheibe ihre Nase plattdrückte, war da vollkommen uninteressant. Und das war das nächste, was man dem Kind auszutreiben hatte. Man belauscht nicht anderer Leute Gespräche.

»Na und! Ihr soll es an nichts fehlen. Für was arbeite ich denn überhaupt. Sie bekommt von mir alles, was sie will. Da spielt Geld auch keine Rolle.« Becker war es schon ziemlich über, immer wieder diese alte Leier durchzuspielen, das zeigte er auch, indem er wie üblich seine Stirn in tiefe Falten legte. Für seine Gesprächspartner hieß das so viel wie: Nehmt euch in acht! Wenn ihr so weitermacht, werde ich leicht ungemütlich. Und das hieß nichts anderes, als daß er seinem Gegenüber die Meinung sagte.

»Du gibst ihr alles, was man mit Geld kaufen kann, und du liebst sie beinahe abgöttisch. Aber das alles auf Kosten unserer Ehe. Glaubst du nicht, daß ich was Besseres verdient habe, als nur den Babysitter für Friederike zu spielen! Habe ich nicht das Recht, auf ein bißchen Liebe, ein klein wenig Zärtlichkeit? Ich habe es langsam satt, immer nur die zweite Geige hinter einer verwöhnten Göre zu spielen, die gerade vor drei Wochen neun Jahre alt geworden Ist.«

Sie versuchte sich einigermaßen zu beruhigen, was sich bei ihrem Temperament meist als ziemlich schwierig erwies. Ihre Launen wechselten von Minute zu Minute. Bei schönem Wetter war sie das sanfteste Wesen, das man sich vorstellen konnte, und bei schlechtem, na ja. An einem trüben und trostlosen Tag war sie dermaßen unausstehlich, daß er sogar einige absurde Gedanken daran verschwendete, sie in eine Nervenheilanstalt einweisen zu lassen. Friedrich hatte sich mittlerweile an die Eifersuchtsausbrüche seiner Frau gewöhnt, und es langweilte ihn.

»Bist du jetzt endlich fertig?« Er hörte Johanna nur mit einem Ohr zu, und sein Blick war sowieso auf die Puppen gerichtet, die, seit Friederike auf ihrem Zimmer war, unbeweglich auf dem gepflegten Rasen lagen und keinen Laut von sich gaben.

»Ja , verstellt euch nur. Ich weiß, was ich gesehen habe. Das war ganz bestimmt keine Illusion.« Becker flüsterte es zu sich selbst. So leise, daß es selbst seine Frau nicht verstand, die nur einen halben Meter von ihm entfernt auf ihn einredete.

 »Was hast du gesagt?«

»Nicht so wichtig«, sagte Friedrich kurz angebunden und ließ sie stehen, um diese verdammten Puppen in die Mülltonne zu werfen. Vorher würde er ihnen noch die Glieder abreißen und sie unter dem ganzen Abfall vergraben. Das aber nur vorsichtshalber, man konnte ja nie wissen, was die Dinger noch so alles draufhatten. Morgen früh kam die Müllabfuhr, und dann war endlich Schluß mit dem Spuk.

Die Sonne stand an ihrem höchsten Punkt und brannte ihre heißen Strahlen auf Friedrichs Haut. »Der Rasen müßte mal wieder beregnet werden«, dachte er und griff nach einer der vier Puppen, die vor ihm im trockenen Gras lagen. Doch als er sie am Plastearm packte, fühlte es sich an, als hätte er den Arm eines Menschen gepackt. Widerwillig ließ er das Ding wieder fallen, um es dann doch noch einmal aufzuheben. Trotz der Wärme, die hier ohne Zweifel herrschen mußte, spürte Friedrich eine unheimliche Kälte. Er bekam eine Gänsehaut, als er alle vier Spielgefährtinnen Friederikes unter seinen Arm klemmte. Ihm wurde immer kälter, und seine Nackenhaare richteten sich auf. Er dachte an eine längst vergessen geglaubte Situation die ihn vor über zwei Jahren den Angstschweiß auf die Stirn gebracht hatte.

Plötzlich zupfte etwas an seinem T -Shirt. Schnell wirbelte Becker herum und warf alles, was er unter dem Arm trug, zur Seite. Doch die Puppen richteten sich wieder auf. Sie lächelten böse.

"Du willst uns doch nicht etwa loswerden? Komm und versuch es! Heidi, Heida, komm und fang uns alle vier!«

Von Zorn gepackt, versuchte Becker tatsächlich, sie zu kriegen. Es war jedoch einfacher gesagt als getan. Diese kleinen Luder waren schneller, als man glauben sollte. Obwohl das Gras ziemlich trocken war, rutschte Friedrich nach jedem geschlagenen Haken aus. Veronica krümmte sich vor Lachen. Es sah irgendwie lustig aus, wie sie die kleinen Plastehändchen zum Bauch führte und sich ihn hielt. Anne, Berta und Cindy machten es ihr gleich und kreisten ihr Opfer, das immer noch auf dem Boden lag, lauernd ein. Friedrich schnaufte. Seine Fitneß war auch nicht die beste. Er nahm sich vor, in Zukunft mehr für seine Gesundheit zu tun. Doch erst mal mußte er die Sache hier in den Griff bekommen. Himmel! Waren diese Biester schnell! Er schlug um sich. Einige harte Treffer trafen seine Gegner und schleuderten diese in die Nähe des Hauses zurück. Dies verschaffte Friedrich die Zeit, die er benötigte, um überhaupt wieder auf die Beine zu kommen. Kaum hatte er sich wieder aufgerichtet, spürte er, wie etwas Kaltes und Hartes in seine Wade drang. Er hörte das Reißen der Jeans, die, an den Unterschenkeln in Fetzen hängend, sich mit Blut tränkte.

»Laßt uns doch endlich in Frieden! Was wollt ihr denn von uns?« Es klang eher zornig als resignierend. Wie um dem Nachdruck zu verleihen, holte er mit dem rechten Bein, das er gerade noch so bewegen konnte, aus und stieß eines dieser Biester weit von sich.

Cindy landete genau auf Johannas Füße. Sie schrie entsetzt auf. Die junge Frau hatte alles mit angesehen, und sie verstand die Welt nicht mehr. Wie konnten

Spielsachen, die zur Freude kleiner Kinder, nicht selten auch Erwachsener, großer Kinder, erschaffen wurden. sich selbst zum Leben erwecken und sie angreifen? Doch eines stand jetzt für sie endgültig fest, sie würde dieses verfluchte Haus verlassen. Ständig neuen Merkwürdigkeiten ausgesetzt zu sein, konnte sie auf die Dauer nicht ertragen. Waren sie denn alle verrückt? Es war doch alles nur Illusion. So etwas gab es nicht und würde es auch in der Zukunft nicht geben.

Man konnte die Grenzen zwischen Wirklichkeit und Halluzination überhaupt nicht mehr erkennen. Sie existierten nicht mehr. Nur diese eine unrealistische Traumwelt verwirrte sie. Flößte ihr unnötige, tiefgreifende Angst ein.

Johanna zitterte. Sie wagte in diesem Moment kaum, Luft zu holen. Mit einer Hand griff sie suchend ins Leere. Waren nicht hinter ihr die Gartenmöbel aufgestapelt?

Sie bewegte sich nicht, drehte nur ihren Kopf erst nach links, dann zur anderen Seite. Aus ihren Augenwinkeln sah sie die Stühle, die auf dem Tisch standen und riß einen so schnell sie konnte herunter. Krachend sauste der weiße Holzstuhl auf die unten lauernde Cindy herunter. Wie ein Kind schreiend, lief die braungelockte Puppe davon und versteckte sich hinter der Hecke, die das ganze Grundstück umgab.

Johanna hatte jetzt vollends genug. Sie stürmte ins Haus, sorgsam darauf bedacht, das jede Tür hinter ihr verschlossen war und packte ihre Koffer.

Friedrich hatte mit sich genug zu schaffen. Er achtete nicht auf seine Frau, als sie nur wenig später in ein Taxi stieg und auf Nimmerwiedersehen davonfuhr.

Diese kleinen Monster bissen immer und immer wieder in seine Beine. Sie versuchten ihn noch an höher gelegenen Körperteilen zu verletzen. Das konnte Friedrich mit größter Mühe noch verhindern. So oft er auch die vier abwarf, so häufig kamen sie wieder auf ihn zu.

»Jetzt ist's endgültig genug!« Victoria verlor durch einen kräftigen Ruck den düster dreinblickenden Puppenkopf. Wie auf Kommando erstarrten die anderen, als hätte man sie in Wachs gegossen und sie zum Auskühlen auf den Rasen gelegt. Auf ihren Gesichtern lag wieder der freundliche, liebenswerte Ausdruck, den die Kinder so liebten.

Friedrich holte tief Luft und atmete deutlich hörbar wieder aus. Er sammelte das Spielzeug ein, warf es, wie es vorher seine Absicht gewesen war, in die Abfallbehälter. Gut verteilt und jedes Stück in einen anderen. Kurz danach ging er zurück ins Haus, versorgte seine vielen Wunden und zog sich neue Sachen an, da die alten dermaßen zerrissen waren, daß man sie nicht einmal als Putzlappen benutzen konnte.

»Wenigstens du liebst mich noch.« Friederike schmiegte sich an den riesigen Plüschpanda, den sie zu ihrem letzten Geburtstag bekommen hatte und wischte einige Tränen aus ihren traurigen Augen. Was war nur mit Papa los? So laut hatte er sie noch nie angebrüllt. Nicht einmal damals, als sie sein neues Auto mit roter

Farbe bespritzt hatte. Das wäre ein richtiger Grund dafür gewesen. Bestimmt steckte Johanna wieder hinter dieser ganzen Sache. Sie mochte einfach nicht daß sie Freunde hatte, die ihr immer zuhörten, und sie nicht. Seit sie in diesem Haus lebte, nörgelte sie ständig an ihr herum. Friederike, tu dies! Friederike, tu das!

Da war ja Frau Werner noch freundlicher gewesen, und die hatte schon mächtig Haare auf den Zähnen. Wie ihr Papa das nannte. Aber die hat ihr wenigstens das Spielen nicht verboten, wie Johanna es tat. Der kleine Kopf lugte hinter dem mächtigen Pandaarm hervor und betrachtete die Nachmittagssonne, die ihre wärmenden Strahlen durch das eine große Fenster hindurchschickte.

Ihr ganzes Zimmer machte auf das Mädchen den Eindruck, als wäre es leer. Das kleine Tischchen und die winzigen Stühle, auf denen Veronica, Cindy, Anne und Berta noch heute morgen gesessen hatten, standen ordentlich in der Nähe des Fensters. Selbst die anderen Spielsachen, und davon hatte sie nun wirklich eine ganze Menge, waren ordentlich in drei riesigen Schränken gestapelt und gaben ihr dadurch wenig Trost. Sie hatte die Kinder in ihrer Klasse stets um deren Mütter beneidet, die immer hingebungsvoll ihre Kleinen beiseite nahmen und ihnen alles erlaubten, was sie wollten. Doch das war mittlerweile vorbei. Sie wollte keine Mutter mehr haben. Ihre richtige Mutti hatte sie und ihren Papa im Stich gelassen. Einfach verschwunden. Wenn sie sich wenigstens verabschiedet hätte. Oder auch nur ein paar Zeilen geschrieben. Vielleicht wäre sie eher damit ins Reine gekommen.

Aber das war alles Vergangenheit. Sie war damals gerade vier, und sie hätte nichts von alledem verstanden. Auch konnte sie sich nicht genau an ihre richtige Mutter erinnern. Nur bruchstückhafte Erinnerungsfetzen blieben ihr im Gedächtnis hängen. Einmal waren sie auf dem Rummel. Den ganzen Tag über genossen sie die verschiedensten Angebote. Sie lachten viel. Auch Papa, der sich ansonsten wenig amüsierte. Friederike schloß ihre Augen und döste vor sich hin. Das Mädchen war zwar müde, konnte aber nicht einschlafen. Zu stark wirkte die Enttäuschung in ihr nach. Das Johanna sie beschimpfte, das war nicht weiter schlimm, damit konnte sie leben. Aber daß ihr Vater jetzt auch noch damit anfing, das stimmte sie traurig. Stimmen drangen durch die ziemlich dünnen Wände des Hauses nach oben. Sie stritten schon wieder. Jeden Tag dasselbe. Als wenn es nichts Schöneres gäbe, als sich immer wieder die Vorhaltungen des anderen anzuhören, und daß sie das Hauptthema darin war, das war dem Mädchen klar. Ein Schatten strich an dem sonnendurchfluteten Fenster vorbei. Wie von Geisterhand beiseite gerafft, zog sich die Gardine ein Stück zur Seite. Es sah so aus, als würde jemand hinaussehen. Doch es stand niemand dort. Nur ein eiskalter Windhauch ließ das Kind erschauern.

»Ist da jemand?« Sie rieb ihre Augen, und obwohl sie nichts sah, spürte sie die Anwesenheit eines anderen in ihrem Zimmer. Im Raum wurde es zunehmend kälter.

»Papa, bist du das?« Friederike drückte ihren Panda

noch fester an sich. Sie fürchtete sich. Irgend etwas war hier bei ihr, und das machte ihr Angst.

»Johanna?« Wollte ihr hier jemand einen Streich spielen? Wenn ja, dann war das überhaupt nicht komisch. Die Gardine zog sich wieder langsam zurück. Wieder war außer ihren draußen streitenden Eltern nichts zu hören.

Nun, wenn aber Papa und Johanna nicht im Haus waren. Wer war es dann? Ein spitzer Schrei ließ sie nach einiger Zeit zusammenzucken. Kurz darauf schlug unten die Tür, und die wütende Stimme ihrer Stiefmutter drang nach oben. Zuerst glaubte Friederike Luise, daß sie zu ihr heraufkommen würde und ihr wieder eine dieser unsinnigen Standpauken halten würde. Doch weit gefehlt. Nur wenig später krachte es unten erneut. Es kehrte wieder Stille ins Haus ein. Die Kleine zog sich ihre Bettdecke über den Kopf. Nicht nur, weil sie jetzt regelrecht fror, sondern auch wegen dieser Ruhe, die sie auch sonst nicht gerade mochte. Aber diesmal war es anders. Es wirkte alles so beklemmend, so furchteinflößend still, als ob jeden Moment etwas Schreckliches passieren könnte.

»FRIEDERIKE. DU WARST WIEDER UNGEZOGEN. DAFÜR GEHST DU HEUTE OHNE ABENDESSEN INS BETT.« Die Stimme klang heiser und irgendwie fremd. Wenn sie es nicht besser wüßte, würde sie jede Wette eingehen. daß es ihr Vater war, der dort sprach.

"Ich habe nichts Schlimmes getan. Den ganzen Tag über war ich artig gewesen.«

Sie überlegte noch schnell, ob sie sich heute auch wirklich in allen Situationen ordentlich verhalten hatte. Natürlich kam sie zu dem einzig möglichen Ergebnis, daß sie lieb war wie fast immer. Nein, das stimmte nicht, sie war keineswegs nur nett gewesen. Friederike konnte sich sogar daran erinnern, daß sie etwas wie Wut spürte. Ja, sie war wütend auf ihren Vater. Er hatte sie nicht mehr gern. Früher war das ganz anders gewesen. Da waren sie beide viel öfter zusammen. Spielten sogar zusammen mit ihren Puppen. Und jetzt? Vor kaum einer Viertel Stunde verbat er ihr, sie überhaupt noch einmal anzufassen. Wieso? Nur weil sie mit ihnen ein Lied gesungen und dazu getanzt hatte? Es war einfach nicht fair.

"JA, JA. ICH WEISS, WAS DU DENKST. DEIN VATER WAR NICHT FAIR ZU DIR, UND ER LIEBT NUR NOCH DIESE JOHANNA, DIE, DU NICHT AUSSTEHEN KANNST. SIE WILL DICH LOSWERDEN, UND DEIN PAPA, DER HILFT IHR DABEI.«

Jetzt klang die Stimme wieder wie die der alten Frau, die auch schon Friedrich einen Besuch abgestattet hatte.

"Wer sind Sie denn überhaupt?« Friederike Luise vergaß ihre Angst für einen Moment. Sie wich ihrer Neugier. Sie war in dem Zimmer ganz alleine. Klar, sie hörte die Stimme ganz deutlich, und es mußte jemand hier drin sein. Doch sie sah niemanden, und der jemand hatte gesagt, daß ihr Vater sie loswerden wollte. Bei Johanna war sie sich sicher, daß es so war. Aber Papa? Vor ein paar Minuten wäre sie der gleichen Meinung gewesen. Sie war traurig und enttäuscht von ihm gewesen. Doch jetzt wußte sie, daß er nur das Beste für sie wollte. Sie konnte nicht genau sagen, wie sie darauf auf einmal kam, aber sie fühlte es tief in sich drin.

"WER ICH BIN? ICH BIN DEIN VATER, ICH BIN DEINE MUTTER, ICH BIN ALL DEINE BESTEN FREUNDE UND DEIN GEWISSEN. ICH KENNE DEINE GEDANKEN, UND ICH WEISS, WAS DU FÜHLST. UND TIEF IN DEINEM INNERN WÜNSCHST DU DIR, DASS DU MIT MIR KOMMEN KÖNNTEST. JA, KLEINER ENGEL, KOMM MIT MIR IN EINE SCHÖNE NEUE WELT. IN EINE WELT, IN DER DU GELIEBT WIRST, WO DU TUN UND LASSEN KANNST, WAS DU WILLST. IN EINE ANDERE ZEIT, IN DER DU INS BETT GEHEN KANNST, WANN DU MÖCHTEST UND WO MAN DICH NICHT FÜR DINGE BESTRAFT, DAS FÜR EIN KLEINES MÄDCHEN, WIE DU ES BIST SSELBSTVERSTÄNDLICH SIND. KOMM MIT MIR INS REICH, WO ALLE WÜNSCHE WAHR WERDEN. IN JENE WELT, DIE WIR TRAUMLAND NENNEN.«

Und tatsächlich hörte sie sich an wie ihre beste Freundinnen. Sie spürte, daß ihre Augenlider schwer wurden. Wie von einer unsichtbaren Hand berührt, wurden sie nach unten gedrückt.

»Ja, ich will dorthin. Nimm mich bitte rnit!« Friederike wollte das nicht sagen. Es kam einfach aus ihrem Mund heraus. Was geschah nur mit ihr? Sie war schon ganz weit von der Wirklichkeit entrückt, als die Tür sich einer. Spalt öffnete. Ihr Vater steckte seinen Kopf hindurch. Er hatte sich umgezogen. Seinen linken Arm schmückte jetzt ein fester Verband. Er machte nicht gerade den frischesten Eindruck. Einige Blessuren in seinem Gesicht sprachen ihre eigene Geschichte. Das Kind, das noch eben fast im tiefem Schlaf versunken war, saß jetzt hellwach auf ihrem Bett.

»Papa, wie siehst du denn aus?« Sie sah ihn besorgt an und umklammerte ihren Panda jetzt fester.

»Oh , das sieht viel schlimmer aus, als es wirklich ist.‘‘ Er setzte sich neben sie und verzog vor Schmerz sein Gesicht. In diesem Moment spürte er alle Knochen in seinem Körper. Daß es so viele davon gab, hätte er nie für möglich gehalten.

»Friederike, es tut mir leid, daß ich dir deine Puppen wegnehmen mußte. Ich weiß, sie haben dir viel bedeutet und ich will, daß du begreifst, daß ich das alles nur für dich getan habe. Wenn dir was passiert wäre, das könnte ich mir niemals verzeihen.«

»Mir ist doch nichts passiert. Die vier waren meine besten Freundinnen, na ja, Janna und Eva aus meiner Klasse, die sind mir noch ein bißchen lieber, sie hätten mich vor allem Unheil beschützt. Du hättest sie nicht gleich wegwerfen sollen.«

»SIEHST DU, DU WIDERSPRICHST SCHON WIEDER, UND DEIN VATER WIRD DICH DAFÜR SICHERLICH BESTRAFEN. KOMM MIT MIR, MEIN KLEINES.«

Die Stimme umschmeichelte das Mädchen. Sie verströmte Sicherheit. Gab vor, daß sie nur von ihr geliebt wurde. Friederike Luise suchte nach der Person, die zu der Stimme gehörte. Fand sie aber wie zuvor nicht.

»Es blieb mir keine andere Wahl. In ihnen steckte was Böses. Ich kann es dir nicht genauer erklären. Jedenfalls glaube ich, daß sie dich mir wegnehmen wollten. Das hört sich jetzt unmöglich an, aber es ist so, wie ich sagte.«

»Hast du das da eben gehört, Papa?« Sie sah ihn mit großen Augen an.

»Nein, was denn?« Friedrich hatte wirklich nichts gehört, denn was da von der unbekannten Person, von dem Geist, oder was es sonst gewesen sein mochte, gesagt wurde, war nur für Friederike bestimmt.

»Ich weiß auch nicht genau. Irgend jemand will, daß ich mit ihm komrne.«

Begann das wieder von vorne. Becker erinnerte sich noch gut an den Besuch, den sie vor ein paar Jahren bekommen hatten, und sie konnten froh sein, daß sie mit heiler Haut davongekommen waren! Auch wenn sein Inneres sich dagegen sträubte. Dieses Etwas schien sie zu verfolgen, egal, was sie taten, und egal, wohin sie umzogen. Was konnte man nur dagegen tun?

»Papa! Das kommt mir alles irgendwie bekannt vor.«

Friederike war damals noch sehr jung gewesen, und ihre Erinnerung daran war nur äußerst schemenhaft. Doch alles, was ihr davon noch in den Sinn kam, machte ihr Angst. Daß sich ihre Puppen von alleine bewegten, das
konnte kein Zufall sein.

» Mir auch, Kleines, mir auch.« Becker nahm seine Tochter fest in den Arm, und in diesem Augenblick schwor er sich, mit dem Trinken aufzuhören und die Zigaretten in den Mülleimer zu werfen. Sie waren jetzt wieder auf sich allein gestellt. Johanna war fort. Vielleicht war es auch besser so. Auch wenn er sie noch liebte, doch sie war dafür in Sicherheit. Nun gut. Er mußte sie . wieder in den Griff bekommen.

Bei dem Kampf vorhin sah er überhaupt nicht gut aus. Sein Herz raste, und ihm fehlte die Luft. Er fühlte sich einfach kraftlos.

»Du kannst alles schaffen, wenn du dich nur auf deine innere Kraft verläßt. Der Wille ist der Weg zum Erfolg. Das weißt du, und danach wirst du auch handeln«, sagte er zu sich selbst.

»Wir zwei werden das schon meistern, nur wir beide du und ich. Wie wir es schon öfter getan haben, und eines solltest du niemals vergessen, egal, was passiert. Ich liebe dich von ganzem Herzen, und nichts, aber auch gar nichts wird etwas daran ändern .«

"Ich liebe dich auch, Papa!"

Während sich Vater und Tochter umarmten und ihrWelt wieder ganz in Ordnung zu sein schien, manifestierte sich in einer unscheinbaren dunklen Ecke des Zimmers ein verzerrtes Bild. Es war erst kaum zu erkennen, doch innerhalb weniger Sekunden stand es klar und deutlich im Raum.

"DAS WERDET IHR MIR BÜSSEN », zischte das in der Gestalt einer alten Frau erschienene Bild. Es spürte jetzt die Liebe, die zwischen den beiden herrschte. Dadurch ließ die Erscheinung immer mehr nach und verschwand schließlich so unbemerkt, wie sie gekommen war.

"Wo ist Johanna?« Friederike war aufgefallen, daß es im Haus stiller als sonst war. Sie ahnte zwar schon, daß sie nicht mehr da war, aber vorsichtshalber fragte sie nach ihrem Verbleib.
"Sie ist fortgegangen und ich glaube nicht, daß sie jemals wiederkommt.«

"Nun, Baumann. Wir hatten doch mit dieser ... , wie soll ich sagen ... « Der gut angezogene Mitfünfziger, dessen Kleidung immer den höchsten Ansprüchen entsprach suchte genau abwägend nach dem richtigen Wort.
" ... Zugabe. Ja, das trifft es am ehesten. Mit dieser Zugabe hatten wir doch ziemlich großen Erfolg. Immerhin lag das Einspielergebnis von `Sehnsucht` erheblich höher als erwartet. Fast zwei Millionen Euro Mehreinnahmen. Sie haben ihre Sache bisher zu meiner vollsten Zufriedenheit erledigt, Baumann, und ich erwarte von Ihnen, mein lieber Freund, daß sie für die Fortsetzung eine ähnliche Überraschung parat haben.«
Gerald Hommer zog ein dickes Briefkuvert aus seiner Jackeninnentasche und reichte es seinem Gegenüber. Zuerst zögerte Josh Baumann noch ein wenig. Ihm war nicht wohl in seiner Haut. Ging die Sache schief, war er derjenige, der geopfert würde und für den Rest seines Lebens in den Knast wanderte. Dafür war er sich eigentlich zu schade. Aber in dem Umschlag lagen einhunderttausend Euro, und die wollte Josh sich nicht durch die Lappen gehen lassen. Schließlich packte er das Geld ein.

»Haben Sie irgend etwas Bestimmtes im Sinn? Oder irgendeine Person?«

»Nein, Baumann. Aber lassen Sie es dieses Mal wie einen Unfall aussehen. Okay?«

»Ich habe verstanden, Herr Hommer. Die Sache wird zu Ihrer vollsten Zufriedenheit erledigt.«

»Das hoffe ich für Sie, und jetzt verschwinden Sie endlich, ich habe noch viel zu tun.«

Hommer setzte sich auf seinen großen Ledersessel und drehte sich zu den riesigen Fenstern. Eine der gepflegten, aber durch ihre Größe unförmig wirkenden Hände ergriff den Telefonhörer. Hommer hielt noch einmal inne. Er konnte es absolut nicht leiden, wenn eine für ihn arbeitende Person nicht sofort auf seine Anweisungen reagierte. Die graublauen Augen schienen Baumann durchbohren zu wollen.

»Sind Sie schwerhörig?«

»Mieser Bastard!« Am liebsten hätte Josh es laut ausgesprochen, so daß es jeder hören konnte, doch statt dessen sagte er nur: »Wie Sie wünschen!.« Für einen kurzen Moment trafen sich ihre Blicke und mit der festen Überzeugung behaftet, daß der Zeitpunkt kommen würde, an welchem er dem Kerl das Lebenslicht ausblasen würde, drehte er sich um und verließ so schnell es ging das Büro.

Josh Baumann benutzte den Treppenaufgang. um wieder nach unten zu gelangen. Der Fahrstuhl war seiner Meinung nach zu gefährlich. Wie oft hatte es diese kleinen Zwischenfälle gegeben, bei denen sich die Kabine selbständig machte und in rasendem Tempo den Schacht hinuntersauste. Klar, die Treppen sind auch nicht viel sicherer. Gerade dadurch, daß sie weniger benutzt wurden, wählten sie sich zwielichtige Gestalten für ihre Missetaten aus. Aber man hatte hier eine größere Überlebenschance. Josh Baumann hatte schon für eine ganze Reihe von Leuten gearbeitet, die dasselbe Kaliber hatten wie dieser Hommer. Gierend nach Geld und Macht, schrecken sie nicht einmal vor Mord zurück. Gut, solchen Kerlen verdankte er seinen Job. Ohne sie wäre er ein nichtsnutziger Angestellter, der die meiste Zeit seines Lebens in einem muffigen Büro bei der gleichen, immer wieder langweiligen Arbeit verbringen mußte. Seine Schritte hallten auf dem polierten Steinfußboden. Er hielt auf einmal inne. Waren da nicht noch andere Geräusche gewesen? Vielleicht war das nur Einbildung. Josh lief ein paar Stufen weiter und blieb wieder abrupt stehen. Diesmal konnte er es eindeutig hören. Nicht seine widerhallenden Tritte, sondern jemand anders verfolgte ihn. Die Schritte näherten sich deutlich Er ging weiter, nun etwas schneller. Ehe er zur unabgeschlossenen Tür eines Lagerraums kam und sich hinter dieser versteckte, gelangte er zu der Überzeugung, daß Hommer seine Schläger ausgeschickt hatte, um ihn zu bestrafen. Aber für was? Das wäre eine gute Frage, denn Baumann war für den Tod von sieben Personen verantwortlich. Bei jedem dieser sieben Fälle fiel ihm ein anderer Tathergang ein. Er mußte sich auch ständig was Neues einfallen lassen. Denn so lange das Geschehene verworren bliebe, würde es nicht so leicht sein. den richtigen Täter zu finden. Baumann versuchte seinen Puls wieder halbwegs unter Kontrolle zu bringen. Das war ziemlich leicht, eben eine Sache der Übung. Einen klaren Gedanken zu fassen, erwies sich als schwerer, als er bislang angenommen hatte.

»Zuviel denken ist ungesund«, hämmerte er sich jedes mal in so einer Situation ein. Das verfehlte seine Wirkung nicht. Als die Schritte abgeklungen waren, öffnete er die Tür einen kleinen Spalt, nur so viel, daß er auch einen genauen Überblick über seine Lage hatte. Kein Mensch zu sehen. Einen kleinen Augenblick wurde er unvorsichtig, wollte sich gerade wieder auf den Weg machen. Da schlug ihm die Türkante krachend gegen seinen ungeschützten Kopf.

Der kleine Raum fing an sich wie ein Karussell zu drehen, erst langsam, dann immer schneller werdend, bis tiefe Dunkelheit sich über ihn ausbreitete.

»Werd' endlich wach, du Arschloch!« Einige brutale Ohrfeigen holten ihn nach kurzem Ruheschlaf ins richtige Leben zurück. Zwischen Wischlappen und Eimern lag er zusammengekrümmt und hielt sich die linke Augenbraue, die Stelle, an der ein kleiner, aber wütender Krieger namens Schmerz sich anschickte, ihn in eine lange Bewußtlosigkeit zu schlagen. Und noch einmal bezog er einige ausgiebige Backpfeifen.

»Ist ja schon gut «, lallte er benommen. Im Dämmerzustand nahm er ein grobschlächtiges Gesicht mit einer großen, breiten Nase und einem lächerlich wirkenden Schnauzbart wahr. Es schien, als wäre er ganz weit weg. Doch er roch dessen schlechten, nach Zigarre riechenden Atem und sein billiges Rasierwasser, von dem er zuviel aufgetragen hatte. Übelkeit kam in ihm hoch.

Am liebsten hätte er diesem Kerl direkt in seine dämliche Visage gekotzt. Die Vorstellung daran zauberte für kurze Zeit ein verkniffenes Lächeln in sein Gesicht.

»Komm hoch!« Erst jetzt bemerkte Josh, wie groß der gegenüberstehende Mann eigentlich war. Seine mindestens einsachtundneunzig und die stämmige Figur nahmen den ganzen vorderen Sichtbereich ein. Das einzig Gute an dem Kerl war, daß er allein war.

»Was wollen Sie von mir?« Rasende Kopfschmerzen unterstrichen jedes gesprochene Wort.

»Schönen Gruß von Herr Hommer. Führen Sie Ihren Auftrag zu seiner vollsten Zufriedenheit aus, und es sollte wie ein Unfall aussehen. Wenn nicht, dann sind Sie der nächste. Der Riese schüttelte Baumann wie einen halbvollen Müllsack, den man gerade entleert.

»Alles verstanden?« Die Stimme klang leer und emotionslos.

»Ja, ja, ich habe alles verstanden. Hören Sie doch endlich mit dem Scheiß auf.«

Sekunden später landete er wieder zwischen den verschiedenen Reinigungsmitteln und blieb bewußtlos liegen. Der kräftige Mann, der so schnell aus dem Nichts aufgetaucht war, verschwand so unauffällig, wie er gekommen war.

Die Dreharbeiten zu dem Film `Die Macht des Fremden` erwiesen sich als reibungsloser als die bei `Sehnsucht`. Auf dem Set herrschte stets rege Betriebsamkeit und auf den Gesichtern der Schauspieler sah man die Freude, die ihnen die neue

Aufgabe machte. Regisseur und Produzent verstanden sich diesmal blendend. Kein Wunder, was sollten sie auch streiten, wenn kein Grund dafür vorläge. Man hatte bewußt auf die Verpflichtung von Arnold Rosenzweig verzichtet. Obwohl die Geldgeber zufrieden mit ihm sein konnten, denn seiner Person war es schließlich zu verdanken, daß man den ersten Teil überhaupt noch so erfolgreich gestalten konnte. Aber wie das Filmgeschäft nun einmal ist, seine letzten drei von ihm produzierten Projekte erwiesen sich allesamt ab Flops an den Kinokassen. Anders verhielt es sich dagegen mit Theo Müller. Nach dessen spektakulärem Ritt vom Filmgelände schwor er sich, nie wieder in Deutschland einer Beschäftigung nachzugehen. Er verschwand in der Versenkung und arbeitete irgendwo in Asien, wo er zwar weniger Geld verdiente, aber seiner künstlerischen Perfektion freien Lauf lassen konnte. Man vertraute im großen und ganzen auf die Akteure, die den Kinobesuchern schon so vertraut waren. Der Part von Jerome Wittmeier wurde jedoch ersatzlos gestrichen. Zum Gedenken an den jungen Schauspieler, der kurz vor der Weltpremiere von `Heimgesucht` von einem Einbrecher in seinem Haus ermordet worden war. Der Fall konnte nie aufgeklärt werden, obwohl genug Spuren am Tatort gesichert wurden. Doch all diese Beweise konnten nicht dazu führen, einen Täter ausfindig zu machen. Wie dem auch sei, letztendlich wurde jedes Verbrechen gesühnt. Früher oder Später.

Jetzt lagen drei Wochen Außendreharbeiten vor der gesamten Filmmannschaft. Eine kleine, abgelegene

Geisterstadt diente dazu als Kulisse. Mit etwas Farbe und ganzen LKW-Ladungen Sperrholz wurde im Handumdrehen eine hübsche Kleinstadt daraus. Klar, daß nur Fassaden hergerichtet wurden. Wieso sollte man auch alles gleich neu aufbauen? Das kostete nur viel Geld und brachte nichts. Der Ort sollte sowieso zum Höhepunkt des Films durch gewaltige Explosionen völlig zerstört werden. Ein Vorhaben, das im Vorfeld ganz genau geplant werden mußte, sollte auch alles so vonstatten gehen, wie der Regisseur es sich vorstellte. Zahlreiche Wohnwagen und Zelte standen ein wenig abseits und beherbergten die anwesenden Drehmitglieder. Es sah alles ein bißchen chaotisch aus, doch das war nur Schein. Beim genaueren Hinsehen stellte sich das als wohlgeordnet heraus.

Richard Carron war bereits um vier Uhr früh aufgestanden. Er wirkte müde und ein wenig erschöpft. Der dreiundvierzigjährige Mann hatte bis halb zwei Uhr in der Nacht gearbeitet und fiel nach einem siebzehnstündigen Arbeitstag wie gerädert ins Bett. Er mußte noch den Teil des Drehbuches, der heute in den Kasten gebracht werden sollte, überarbeiten. Für ihn war es der erste große Kinofilm, für den man ihn als Regisseur verpflichtet hatte. Seine Arbeiten vorher wurden zwar von den Kritikern gewürdigt, mußten jedoch mit einem weit geringeren Budget auskommen. Vor allem deshalb verstaubten sie im tiefsten Videokeller. Man hatte ihm von selten der Geldgeber viel Vertrauen entgegengebracht, und das wollte, das mußte er rechtfertigen. Wenn nicht für die anderen, dann eben für sich selbst. Wenn er diese Chance nicht nutzte, würde er vielleicht nie mehr eine in dieser Größenordnung bekommen. Er bekam von seiner Frau Fiona und seinem sechzehnjährigen Sohn Florian die Unterstützung und den Halt, den er jetzt brauchte. Daß sich das positiv auf seine Arbeit auswirkte, konnte man sich vorstellen.

Der Wind frischte auf, schob eine undurchsichtige Wolke aus Staub vor sich her. Die Sonne verbarg sie hinter dicken, grauen Wolken, die sich jederzeit in einer. heftigen Regenschauer entladen konnten. Die schlechten Lichtverhältnisse konnten den ganzen Zeitplan durcheinanderbringen. Das hätte ihm gerade noch gefehlt. Bis jetzt war alles ganz ordentlich gelaufen. Na ja von ein paar merkwürdigen Zwischenfällen mal abgesehen. Am Anfang zum Beispiel, es war der dritte oder vierte Drehtag überhaupt, heizte sich der Fußboden eine Kulisse dermaßen auf, daß die Akteure nicht einmal darauf spielen konnten. Ihre Schuhsohlen fingen an zu schmelzen beim längeren Verweilen. Zu guter Letzt zogen sie in eine andere Halle des Studios um.

Ein etwas älterer Peugeot, dessen metallicblaue Lackierung durch etliche Rostflecken überzogen wurde, bog in einen schmalen Sandweg ein, der in ein kleines Wäldchen führte. Er fuhr nur Schrittgeschwindigkeit, und nach ein paar Metern hielt er vor einer alten, knorriger Eiche, deren gewaltige Krone ein schützendes Dach bot.

Josh Baumann sah sich kurz in der Gegend um und öffnete seine braune Aktentasche, die er wie gewöhnlich für die Papiere, die zur sauberen Erledigung eines Auftrages notwendig waren, benutzte. Er hatte sich drei vollständige Aktenordner von den potentiellen Opfern angefertigt. Alles ziemlich alte Akteure bei denen ein Herzinfarkt oder einfach ein natürlicher Tod kaum Verwunderung auslösen dürfte.

»Es wird ein halbes Glücksspiel werden«, dachte er. Derjenige, den er am leichtesten erledigen kann, muß eben dran glauben. So einfach ist das. Er nahm den ersten Ordner aus der Tasche und blätterte ihn kurz durch.

Emily Becher, siebenundsechzig Jahre, verheiratet, drei erwachsene Kinder, wohnte in einer abgelegenen Villa in Kleinmachnow. Litt häufig unter Migräneanfällen. Trug für gewöhnlich eine Brille. Baumann überflog die ganzen weiteren Angaben kurz und nahm sich den nächsten vor. Martha Hellermann, fünfundsechzig Jahre, geschieden.

Hatte einen erwachsenen Sohn bei der Armee, der auf Rügen stationiert war. Diese Frau war kerngesund. Jedenfalls hatte er nichts bei seinem nächtlichen Ausflug in die Praxis ihres Arztes gefunden.

Und schließlich war da noch Henri Welten. Ihn hatte er besonders intensiv unter die Lupe genommen. Der alte Mann war zweiundsiebzig Jahre alt und verwitwet. Seine Frau war vor fünf Jahren mit ihrem einzigen Sohn David und dessen Familie bei einem Autounfall ums Leben gekommen. Seit dieser Zeit nahm der Kerl jede Rolle an, die er nur kriegen konnte. Die wenige

Freizeit, die ihm dann noch blieb, verbrachte er in seinem Haus in Potsdam. Der stand ja mit einem Bein schon im Grab, das arme Schwein. Josh lächelte kalt. Das war sein Mann. Ziemlich unspektakulär, aber dafür sicher.

Sicher? Nichts im Leben schien sicher. Nur der unvermeidbare Tod, der Schritt ins Unbekannte. Wenn er wirklich einen von den drei Menschen beiseite schaffen sollte, wurde das unmittelbare Ziel erreicht, nämlich in den Medien für Schlagzeilen zu sorgen und damit für größeren Profit der neuen Produktion.

»Mann, sieh doch klar, keinen zieht es ins Kino, wenn bei den Dreharbeiten ein alter Zausel einen Herzinfarkt kriegt. Dafür mußt du dir schon etwas Besseres einfallen lassen. Was ziemlich Explosives.« Das war es. Ein klarer Gedanke erfaßte ihn. Nichts konnte die Massen mehr anlocken als ein großer Knall. Die Menschen waren nun einmal so. Sie faszinierte das Außergewöhnliche, das Unnatürliche. Sie wollten sehen, daß jemand stirbt, damit sie trauern konnten, damit sie darüber reden konnten.

Er sah aus dem Seitenfenster. Sah sich die ineinander wiegenden Äste der Bäume an und überarbeitete seine Strategie von neuern. Er war jetzt ziemlich überzeugt davon, daß sein Vorhaben in die Geschichte der Filmindustrie eingehen würde. Wenn auch in gewiß trauriger Art und Weise. Ohne weiter darüber nachzudenken, startete er den Motor des Wagens und fuhr rasch davon, nur eine leichte Staubwolke hinterlassend.

Becker nahm im Wartezimmer der Praxis von Doktor Jablonsky, seinem Hausarzt, Platz und blätterte gelangweilt in einer der ausliegenden Ratgebern für die Gesundheit. Außer ihm war niemand im Raum. Es war schon spät, und der letzte Patient mußte schon vor mindestens einer Viertel Stunde gegangen sein. Im und vor dem Haus hatte er niemanden angetroffen. Mürrisch warf er das Journal auf den kleinen Tisch, der neben. ihm stand. Er hatte mit Jablonsky einen Termin für halt sieben vereinbart, und jetzt war es schon zehn Minuten später.

Er sah nervös auf die Uhr. Mehr als eine Viertelstunde wollte er diesem Jablonsky nicht geben. Friedrich haßte es auf die Wartebank geschoben zu werden. Nicht einmal. die Sprechstundenhilfe war noch anwesend. Man hatte ihn glatt vergessen. Den ganzen Weg hierher hätte er sich deshalb auch sparen können. Nun, er ging sowieso nicht gern zum Arzt oder in ein Krankenhaus. Wer machte es denn überhaupt, er kam sich dabei schwächlich und gleichzeitig auch ein wenig dumm vor. Das klang vielleicht ein bißchen übertrieben, aber das war doch nun einmal so. Er war an einem Punkt angekommen, an dem er sich die Frage stellen mußte, wie es eigentlich weitergehen sollte. Daß ihm die merkwürdigen Erscheinungen, oder wie man auch sonst noch diese Abbilder einer durch exzessiven Alkohol- und Nikotingenuß stark verwirrten Phantasie nennen wollte, allmählich den gesunden Menschenverstand raubten, machte ihm zu schaffen. Er wollte mit dieser verdammten Scheiße endlich aufhören. Schluß. Ende. Aus. Ein für allemal. Ob ihm dabei sein Arzt helfen konnte, das war jetzt nicht mehr so gewiß. Einen Psychiater aufzusuchen, wäre wahrscheinlich Erfolgversprechender. Er wägte zwischen beiden Möglichkeiten ab, kam aber zu keiner vernünftigen Entscheidung, also blieb er sitzen und hörte dem dumpfen Rumoren der Blechkarawane zu, die ihren Weg durch die überfüllten Straßen entlangschlängelte.

Becker fuhr mit kalten, zittrigen Händen über die schweißnasse Stirn. Dieses ewige Zittern der Hände. Wenn man das bloß per Knopfdruck ausschalten könnte. Nur klick und dann Ruhe. Das wäre schon eine gute Sache. Dem Klick in seinen Gedanken folgte eins in seinen Ohren.

»Ach , Herr Becker, Sie sind's. Ich habe Sie ganz vergessen. Kommen Sie bitte rein.« Joseph Jablonsky faßte, einer alten Angewohnheit folgend, an seine Brille und zog sie kurz vor und dann wieder zurück. Das machte er immer, wenn ihm eine unangenehme Überraschung widerfahren war. Der Schlüsselbund glitt zurück in die ausgebeulte Tasche seiner Anzughose.

»Ja, ich, oder haben Sie jemand anders erwartet?« Die Falte auf seiner braungebrannten Stirn grub sich tiefer in die Haut.

»Wie ich sehe, haben Sie mit niemandem, nicht einmal mit mir gerechnet.« Er sprach das Ganze in einem Ton, in dem ganz deutlich sein Unmut hervortrat.

»Es tut mir leid. Heute ging hier alles drunter und drüber. Ziemlich viele Patienten haben mich aufgesucht, und das an einem Tag, an dem ich mich nicht besonders fühle.« Jablonsky durchfuhr mit einer

Hand sein schlohweißes Haar. Er sah wirklich nicht gut aus, wenn man das ganz milde ausdrücken wollte. Viel zu blaß, um noch gesund zu wirken. Aber Becker war das alles vollkommen egal. Er hatte genug mit sich selbst zu tun und konnte sich nicht auch noch um die gesundheitlichen Probleme dieses Mannes kümmern. Sie schüttelten sich kurz die Hände und setzten sich an den Schreibtisch in der Mitte des Behandlungszimmers, der mit allen möglichen Dokumenten nur so überladen war. Vielleicht war er das letzte mal vor fünf Jahren aufgeräumt worden oder gar überhaupt noch nie. Jedenfalls lag alles kreuz und quer durcheinander. Becker mußte lächeln, denn auf seinem Schreibtisch ging es manchmal ganz ähnlich zu.

Dann hatte er allerdings die größte Mühe, sich in dem Chaos zurechtzufinden. Was ihm dann den Verlust kostbarer Arbeitszeit einbrachte.

»Ja, mir geht es nicht viel anders. Sonst wäre ich sicher nicht hier. Wissen Sie, ... « Becker schluckte etwas Er wollte nicht über seine Trunksucht reden. Nicht einmal beim Arzt. Deshalb zögerte er etwas. Doch der erste Schritt zu dessen Lösung bestand darin, es sich einzugestehen.

»Sie kennen ja mein Alkoholproblem.« Er atmete kräftig aus und wischte sich mit dem Taschentuch über die schweißnasse Stirn.

»Ja, und Sie müssen unbedingt was dagegen tun ihr Kreislauf verkraftet nicht diese enorme Belastung. Nicht nur den Alkoholkonsum sollten Sie einstellen. Die Zigaretten machen Ihre Lungen kaputt, und Ihr Blutdruck ist dermaßen hoch, daß ich mich eigentlich nur wundere, daß Sie noch keinen Schlaganfall bekommen haben Also, machen Sie bitte eine Entziehungskur!«

»Das ist leichter gesagt, als getan. Ich brauche Hilfe und das nicht zu knapp. Und die Zeit fehlt mir auch." Das Wort Entziehungskur hörte Friedrich gar nicht gerne Es hätte sich so medizinisch an.

»Meinen Sie es denn mit dem Suchtentzug wirklich ernst?« Doktor Jablonsky sah Becker durch die dicken Brillengläser herausfordernd an. Er hatte schon einige Patienten mit demselben Hang zur Sucht gehabt, und deshalb wußte er nur zu gut, daß sein Gegenüber vielleicht versuchen würde, vom Zug abzuspringen und sich den ganzen Entziehungsprozeß zu ersparen.

»Mir bleibt keine andere Wahl.« Friedrich senkte für einen Augenblick seine Augen.

»Das hört sich aber nicht sehr entschlossen an. Ich kann Ihnen ein paar wirklich gute Suchtkliniken empfehlen.« Oder sollte man ihn lieber in eine Nervenheilanstalt einweisen lassen? Kein Problem das machte er doch gerne. Jablonsky verzog sein rotes Gesicht. Eine innere Stimme verwirrte ihn, brachte ihn ganz durcheinander. Er mochte diesen Becker eigentlich ganz gerne, er kannte ihn schon als Zwölfjährigen. als er das erstemal mit aufgeschlagenem Knie in seine Praxis kam. Der Junge hatte sich nicht verändert, damals wie heute fühlte er sich nicht wohl, wenn er zum Arzt mußte. Jablonsky versuchte zu lächeln. Seine Mundwinkel verzogen sich zwar dahingehend, aber es erreichte nicht seine trüben grauen Augen.

»ER MACHT SICH LUSTIG ÜBER DICH. WILLST DU DIR DAS GEFALLEN LASSEN?«

»Ich sehe aber nichts dergleichen«, sagte er nur zu sich selbst mit einem Kopfschütteln.

»Johanna hat mich verlassen, und ich muß jetzt alleine für meine Tochter sorgen.« Friedrich war sich seiner Sache nun vollkommen sicher.

»Ich will, daß das Mädchen in normalen Verhältnissen groß wird. Sie soll sich nicht ihres Vaters schämen müssen. Das könnte ich mir niemals verzeihen. Ich weiß, daß die Zeit der Entwöhnung sehr schwierig sein wird, und ich wage erst gar nicht, an ein Leben ohne Alkohol zu denken.«

Becker fühlte, wie der Schweiß seine Wange herunterrann. Jablonsky sagte kein Wort. Er hörte lieber ruhig zu.

»Nun, kurzum, ich will nicht in eine ihrer Entziehungskliniken. Ich möchte eine Entwöhnung unter ihrer medizinischen Betreuung.«

»Aber ... « Der Arzt versuchte etwas zu entgegnen, Friedrich fuhr jedoch dazwischen: »Entschuldigen Sie, daß ich Sie unterbreche, aber ich habe mir die Sache genau überlegt, und ich mache es von zu Hause aus. Wenn sie mich nicht betreuen wollen, dann gehe ich eben zu einem anderen Arzt. Nur, ich kenne sie jetzt schon seit ... «, Becker überlegte, wie lange er schon seinen Gegenüber kannte, konnte aber keine genaue Antwort darauf geben.

»Nun, seit etlichen Jahren, und Sie wissen, wie man mich anzupacken hat. Deshalb bitte ich Sie, mir zu helfen.«

War denn der Mensch überhaupt noch zu retten? Ja, er kannte ihn und seinen verdammten Dickschädel. Was er sich da in den Kopf gesetzt hatte, war ja der blanke Wahnsinn. Am besten, er schickte ihn gleich zu seinem Freund, Dr. Hellstrom. Sollte der sich mit ihm herumärgern.

Der war Psychiater, und der würde diesem Kerl schon Vernunft beibringen.

»DU HAST DOCH SELBST GENUG GERÄTE HIER IN DEINER PRAXIS. WAS HÄLTST DU VON EINER ELEKTROSCHOCKTHERAPIE?«

Zu seinem Erstaunen suchte sein Blick den geeignesten Apparat. »Halt endlich deinen Mund! Ich mach', was ich will, und ich möchte niemandem etwas zu Leide tun. Schon gar nicht Friedrich«, dachte Dr. Jablonsky.

»Ja gut, ich helfe Ihnen, mein Junge. Aber ich halte es für keine so gute Idee. Was, wenn Sie einen Anfall bekommen und Ihr ganzes Haus demolieren? Sie werden gereizt sein. Jeder Mensch, der Ihnen helfen will, ist in Ihren Augen ein Feind. Das kann gefährlich sein, und schlimmstenfalls verletzen Sie jemanden, vielleicht sogar Friederike.«

»Sagen Sie ruhig, was Sie wollen, das ist mir vollkorn men egal, aber ich werde es so machen, wie ich es für richtig halte.« Ja, er war ein Dickschädel, der am liebsten gleich mit dem Kopf durch die Wand gehen wollte. Wenn er sich etwas in den Kopf gesetzt hatte, zog er da" auch durch, egal, was andere darüber dachten. Es war doch so, daß man selber noch am besten wußte, was für einen gut war oder nicht.

»Warm wollen Sie anfangen?« Jablonsky schrieb einige Notizen auf einen Schreibblock.

»Am besten gleich heute.« Friedrich zitterte am ganzen Körper. Den letzten Tropfen Alkohol hatte er kurz nach zwölf getrunken. In ihm kämpften zwei Krieger um die Vorherrschaft. Zum einen der Kerl, der ihm gleich zu, Beruhigung einen Jack Daniels anbieten würde, und zum anderen der liebenswerte Mann, der das alles hinter sich lassen wollte.

»Darum rate ich Ihnen, gleich als erstes aufzuschreiben, was und wieviel Sie am Tag so trinken. Wie viele Zigaretten Sie inhalieren und, was auch noch wichtig ist, wie lange Sie an einem Tag arbeiten. Wenn sie es schaffen innerhalb einer Woche diese ganzen Sachen um ein Drittel zu reduzieren, dann sehe ich eine begründete Hoffnung für Sie." Diese Hoffnung verspürte Becker jetzt schon. Zumindest hatte er einen Anfang gemacht. Das war schon mehr, als er überhaupt geglaubt hätte.

Jablonsky holte einen Block mit Scheinen hervor, auf denen er seinen Patienten Rezepte verschrieb.

"Das hier werden Sie brauchen." Becker versuchte zu lesen, was er ihm da verschrieben hatte, konnte aber fast keinen Buchstaben entziffern.

"Nehmen Sie davon dreimal täglich je eine Tablette! Das wird sie beruhigen."

"Oder am besten die ganze Packung, dann kannst du dich gleich vor einen Zug werfen", dachte Jablonsky.

"Keine Medikamente. Ich will nicht von einer Sucht in die nächste schlittern."

"Sie sind ein schwerer Fall, wissen Sie das? Ich möchte mal gerne wissen, wie ich dann helfen soll?" Der Arzt sah Friedrich mißbilligend an.

Einen Arzt hielt er für blanke Zeitverschwendung. Von Jablonskys Standpunkt aus gesehen sicher auch (Wie recht er damit hatte). Der junge Mann stand auf, reichte seinem Arzt zum Abschied die Hand und verschwand so schnell wie möglich aus der Arztpraxis, in die er nur widerwillig ging.

"WARUM HAST DU DEINE CHANCE NICHT GENUTZT! MUSS MAN DIR DENN ALLES VORMACHEN?"

"Was quatscht du mich denn überhaupt an. Ich weiß ja nicht mal, wer du bist und was du von mir willst." Jablonsky sprang auf und drehte sich im Kreis, als ob er denjenigen, der zu ihm sprach, auch sehen könnte. Doch im ganzen Raum war nicht die Spur einer Person zu sehen.

"Zeig dich endlich, und antworte mir gefälligst, wenn ich mit dir rede. Oder sollte ich es mit einem feigen Arschloch zu tun haben?" Er lauerte, wartete auf ein Zeichen. Vergeblich. Nach ein paar Sekunden jedoch fingen die Knochen des menschlichen Skeletts in der Ecke an zu wackeln. Sie klapperten zuerst laut, wurden dann aber leiser, bis es wieder still blieb. Der Schädel begann sich zu verändern. Auf seiner kahlen Decke sprossen weiße Haare empor. Rote Augäpfel quollen aus den leeren Höhlen, starrten den Doktor mit steigender Wut an. Jetzt begannen sich mit rasender Geschwindigkeit die inneren Organe zu bilden. Das Herz, das pochend die Lunge begrüßte, der Magen die

Nieren. Das alles wurde plötzlich abgebrochen. Die Stimme, die Jablonsky in seinem Hirn genervt hatte, bebte schallend durch den Behandlungsraum.

»WAG ES JA NICHT NOCH EIN EINZIGES MAL, SO MIT MIR ZU SPRECHEN, SONST WIRD ES DIR LEIDTUN! ICH HABE DIR GESAGT, DASS DU DIESEN KERL UMBRINGEN SOLLST. DAS HAST DU NICHT GETAN WARUM NICHT?«

Der Doktor hob überrascht seine Augenbrauen. Den halbfertigen Menschen vor ihm überzog eine schleimig graugrüne Masse, die man unter normalen Umstände wohl als Haut bezeichnen konnte. Es gab eigentlich nicht viel, was ihm hätte Angst machen können. Vielleicht von einem hohen Gebäude hinunterzusehen oder mit einem Flugzeug zu fliegen. Dieses Ding da vor ihm jedoch flößte ihm mehr Furcht ein als das schnellste Flugzeug.

»ICH HABE DICH WAS GEFRAGT.« Das schleimige Etwas schlurfte einen halben Meter vorwärts. Jablonsky roch den üblen Gestank der Verwesung. Er wich zurück bis zu dem Rahmen der Tür, die zum Warteraum führte

»Ich töte keinen Menschen. Ich mache sie gesund und lindere ihre Schmerzen, wenn es mir möglich ist, aber ich bin kein Mörder.«

Seine Stimme zitterte bei jedem Wort, das er sprach.

»SO, UND WAS IST MIT LINDA BERTRAM? DU HAST SIE DOCH UMGEBRACHT, ODER SEHE ICH DAS ETWA FALSCH?DU UND DIESE BECKERS, IHR SEID MÖRDER, UND JEDEN MÖRDER ERWARTET DER TOD.«

Er kam noch ein Stück näher. Jablonsky drückte seinen Rücken immer stärker an den Türrahmen. Er mußte überlegen, wovon sein Gegenüber da überhaupt sprach. Er hatte furchtbare Angst, und deshalb fiel es ihm auch besonders schwer, einen klaren Gedanken zu fassen. Nach drei endlos erscheinenden Minuten, in denen sich das gräßlich entstellte Gesicht des anderen sich bis auf Nasenlänge ihm genähert hatte, fiel es Joseph wieder ein.

»Ich konnte nichts tun. Die Frau hatte eine Schädelfraktur und innere Blutungen. Sie war doch schon tot, bevor ich dort angekommen bin. Ich habe alles versucht, was mir überhaupt möglich war. Alles, glauben sie mir.«

Der Gestank war kaum zu ertragen und wurde noch schlimmer, wenn der Kerl den Mund aufmachte und sprach.

))ALLES, WAS DIR MÖGLICH WAR? DANN KANN ES JA NICHT VIEL SEIN, WAS DU DRAUFHAST. WIE WÄRE ES MIT WIEDERBELEBUNGSVERSUCHEN GEWESEN? HAST DU MAL EINEN GEDANKEN DARAN VERSCHWENDET? ICH GLAUBE NICHT, DENN ALLES, WAS DU KANNST, IST, DEN TOD FESTZUSTELLEN UND ICH VERSICHERE DIR, DASS DU IHM SELBST BALD GEGENÜBERSTEHEN WIRST.«

»Laß mich in Frieden, du Arschloch. Verschwinde aus meiner Praxis, und verschwinde aus meinem Gehirn! Ich werde niemanden töten, und dabei bleibt es. Mach mir soviel Angst, wie du willst, ich werde meine

Meinung auf keinen Fall ändern. Verzieh dich, oder ich schlage dir eins drüber, daß dir Hören und Sehen vergeht!« Joseph hatte seinen ganzen Mut zusammengenommen und war mit ein paar mächtigen Sätzen zu seinem Schreibtisch zurückgesprungen. Er faßte mit beiden Händen den Stuhl, auf den sich immer seine Patienten setzten.

»DU WILLST MIR DROHEN, DU MIESER WICHT?« Die Kreatur baute sich vor dem Arzt auf, nur durch den mit Akten überladenen Schreibtisch getrennt. Doch dieser stellte bald kein Hindernis mehr dar. Er flog im hohen Bogen durch die Luft und landete laut krachend an der Wand. Joseph blieben nur wenige Sekunden Zeit, sich auch auf einen Flug vorzubereiten. Ein heftiger Schmerz und dann friedvolle Stille, die sich über seinen leblosen Körper ausbreitete.

In seinen grauen Augen brannte die Glut. Eine Glut, die das Feuer seiner Leidenschaften neu entfachen konnte. Die Zündkabel waren schon vom Filmteam verlegt worden. Hunderte von Metern, die, in den Ecken versteckt von der Zündvorrichtung zu den Sprengsätzen führte.

Josh kannte sich mit der Sprengung von Gebäuden aus, hatte er doch jahrelang Erfahrung bei der Armee sammeln können. Die Zeit bei einer speziellen Truppe die im feindlichen Hinterland wichtige Objekte des Gegners in Schutt und Asche legen sollte, lag lange zurück und Josh dachte nur noch mit ein bißchen Wehmut an diesen Abschnitt seines Lebens. Die Truppe war seine zweite Heimat geworden, die Kameraden seine Familie. Es traf ihn damals schwer, als er aus dem aktiven Dienst entlassen wurde. Baumann seufzte geräuschvoll. Sein Gehör hatte damals ständig nachgelassen und betrug am Ende nur noch sechzig Prozent seines Hörvermögens. Die folgenden Wochen nach seiner Entlassung als schwierig zu bezeichnen, wäre eine glatte Untertreibung gewesen. Er hatte zwar ein gutes Auskommen durch sein Erspartes und seiner Abfindung, doch so richtig leben konnte er dennoch nicht.

Ihm fehlte die Anspannung, der Nervenkitzel, der sich in den entscheidenden Sekunden vor der Explosion in sein Denken fraß. Der Adrenalinschub, der aus ihm erst einen richtigen Menschen machte. Er saß tagtäglich in seinem kleinen Haus, das er sich fernab vom Großstadtgetümmel in der Nähe von Teltow gekauft hatte, und ließ die Ereignisse des Lebens an sich vorbeiziehen. Bis eines Tages, Josh konnte sich noch ganz genau daran erinnern, das Telefon läutete. Hommer war am anderen Ende der Leitung und fragte ihn, ob er nicht einen Job für ihn erledigen könnte. Kurz und bündig, ein Geschäftspartner Hommers machte Probleme und sollte deswegen aus dem Leben gebombt werden. Er erledigte den Auftrag gleich am nächsten Tag so schnell und zuverlässig, daß er schließlich immer tiefer in einen mörderischen Sog gezogen wurde.

Der Mann hatte einen Fehler gemacht, als er gleich beim ersten Mal zusagte. Er war kein Mörder. Sein Gesicht versteinerte sich. Die Finger, die sich schon an den Leitungen zu schaffen gemacht hatten, zuckten zurück. Josh wischte den Schweiß, der ihm in Strömen die Stirn herunterlief, mit dem Ärmel seines kurzen Hemdes ab. Die Sonne, die die Temperatur der Luft auf fast unerträgliche Werte aufheizte, stand an ihrem höchsten Punkt. Er mußte sich beeilen, wenn er bis zum nächsten Rundgang des Wachpostens fertig sein wollte. Seine Hände arbeiteten flinker, verrichteten ihre Arbeit tadellos.

Nur noch eine Leitung. Endlich erledigt. Josh sah sich um. Nirgends ein Mensch zu sehen. Nur ein paar Vögel flogen zwitschernd auf und flatterten wie wild davon.

»Jungs, das wird ein Feuerwerk geben!« Seine Augen leuchteten. Daß, das Ganze noch einmal überprüft werden würde, war ganz sicher. Aber wie hieß es doch so schön? Zeit ist Geld. Die Leute würden unter Druck stehen, und sie würden sein kleines Geschenk übersehen. Er ging langsam vor die Tür, beobachtete noch einmal die Gegend und hastete die hinter dem Gebäude liegende Böschung hinauf, wo er sich schnell in sein Auto warf und davonbrauste.

»Stellen Sie das Glas auf den Tisch und dann machen Sie Schluß für heute!«

Hommer lehnte sich gelassen in seinem gemütlichen Sessel zurück und sah seinem Bediensteten bei der Arbeit zu.

»Guten Abend!« Mertens, ein einundsiebzigjähriger Mann mit vollen schlohweißen Haaren sowie einer Brille mit dicken Gläsern, nickte nur kurz. Er war mit seinen Gedanken bei dem neuen Buch `Blitzgewitter`, das er sich gestern gekauft hatte, und das er, da war er sich sicher, regelrecht verschlingen würde. Er war ein vielbeschäftigter Mann, der wenig freie Zeit hatte. Ein gutes Buch lesen, das war alles, was er nach einem schweren Arbeitstag tun wollte.

Nichts, außer die Füße hochlegen und lesen.

»Ihnen auch, Mertens. Hommer nippte nur kurz an seinem Glas und sah dem alten Mann nach, der schlurfend durch die Tür schlich und sie leise hinter sich schloß. Hommer lächelte insgeheim. Nicht wegen seines Bediensteten, nein, der war es einfach nicht wert. Aber vielleicht ein bißchen schon, denn Mertens hatte ihn bisher gute Dienste geleistet. Aber er freute sich über seine eigene Klugheit. Immerhin preßte er aus seinen Filmproduktionen dermaßen viel Profit heraus, daß seine Konkurrenten in der Branche sich stets fragten, wie er das wohl anstellte. Und doch war es so offensichtlich daß man sich darüber wundern mußte, daß noch niemandem etwas aufgefallen war. Hier ein Toter, da ein Verletzter, ein anderes Mal eine Explosion. Für die Werbekampagne sorgen die Zeitungen von alleine. Das er dafür über Leichen ging, war ihm reichlich egal. Jeder mußte irgendwann mal sterben, der eine später, der andere eben früher. Was macht das schon aus? Der Wodka verursachte in seiner Kehle eine angenehme Wärme die sich nach und nach bis in seinen Magen ausbreitete

In dem Raum wurde es plötzlich kalt. Hommer spürte den Hauch des Bösen um sich herum. Auf seinem Körper bildete sich eine Gänsehaut. Ob nun von der Kälte oder gar vor Angst. Genau konnte er es sich nicht eingestehen. Er hatte in seinem Leben die Angst immer besiegen können. Auch jetzt wollte er sich von ihr nicht unterkriegen lassen. Der ganze Raum schien zu vibrieren. Gläser klirrten, Vorhänge bewegten sich wie von Böen getrieben.

Ein übler Geruch kroch ihm in die Nase. Verfaulte Eier war das erste, was ihm dabei durch den Kopf ging Himmel Herrgott, jetzt kam wieder dieser Bertram. Der kann sich wohl nicht benehmen.

Doch dem war nicht so. Bertram war zwar in unmittelbarer Nähe, ließ sich aber weder sehen noch etwas von sich hören. Ein wenig ungewöhnlich, dachte Hollister bei sich selbst. Sonst konnte sein Lieblingsgeist keine Minute die Klappe halten. Die Fenstervorhänge wurden, wie von Geisterhand berührt, zur Seite gerissen. Es wurde noch kälter und Hommers Rücken lief ein Schauer nach dem anderen herab. Ein weißes Licht blendete ihn. Schnell schoß sein rechter Arm vor seine Augen, um sie vor der grellen Helligkeit zu schützen. Hommer fluchte laut. Er hatte diese Spielchen satt. Auge um Auge, das war der Weg, den er selbst am liebsten ging. Gerade hinaus und nichts weiter. Wenn der Kerl etwas von ihm wollte, dann sollte er es von Angesicht zu Angesicht machen. Das Poltern, das die ganzen Erscheinungen begleitet hatte, hörte abrupt auf. Es wurde wieder wärmer. Alles war wieder beim alten. So schnell die Erscheinung gekommen war, so schnell verschwand sie auch. Diese Stille. Wohltuende Ruhe schien etwas zu verbergen. Nur die Bäume im Garten hinter dem Haus raschelten. Ein eintöniger Singsang, der ganz entfernt einem traurigen Lied glich. Und doch hatte sich irgend etwas verändert. Aber was? Er stand auf, sah sich noch einmal im Zimmer gründlich um. Na klar doch. Auf der Glasscheibe stand in etwa handflächengroßen Buchstaben geschrieben: TÖTE SIE!

Auf einmal spürte er, wie Wut in ihm aufstieg. Diese Idioten standen ihm alle im Weg. Wenn sie getötet werden mußten, dann war es ihre eigene Schuld. und ihn sollte man somit in Ruhe lassen. Die Schrift sah aus wie Eiskristalle, ging es ihm durch den Kopf. Er berührte die Buchstaben ganz vorsichtig, als ob sie ihm etwas zuleide tun könnten. Sein Finger wurde eisig kalt. Er riß ihn sofort zurück. Die Eiskristalle, die er berührte, schmolzen von seiner Körperwärme. Ein Wassertropfen bahnte sich seinen Weg über die glatte Scheibe hinunter. Hommer grinste dabei finster. Er nahm noch einen letzten Schluck aus seinem halbvollen Glas und ging zufrieden mit sich und seinen Geschäften ins Bett.

»Ist alles fertig?« Der Regisseur trat auf der Stelle. Ihm konnte es nicht schnell genug gehen. Die Actionsequenz mußte heute noch im Kasten sein. Jede Zeitverzögerung kostete Geld, das er nicht zur Verfügung hatte. Der Produzent und die Geldgeber saßen ihm im Nacken und konnten ihn nicht oft genug damit nerven, daß der Film zu teuer war.

»Gleich bin ich soweit.« Gerd Krüger, der Mann, der für die Spezialeffekte verantwortlich war, schüttelte ungehalten seinen Kopf. Er wollte noch mal alles über prüfen, damit es keine unliebsamen Überraschungen gäbe. Sicher war sicher. Aber er war ja sowieso gleich fertig. Die Leitungen waren überprüft, blieben nur noch die Sprengladungen übrig.

»Der Alte hat wohl heute schlechte Laurie?« Jörg Tausend, ein groß gewachsener junger Mann mit schulterlangen schwarzen Haaren und gut gebräuntem Gesicht, trat einen Schritt näher heran.

»Scheint so. Der beruhigt sich auch wieder. Wenn nicht heute, dann eben morgen. Weiß du was, Junge? Das ist mir auch vollkommen egal. Geh auf deinen Platz, wir fangen in ein paar Sekunden an.«

»Geht klar!« Tausend nickte kurz und ging auf dem ihm zugewiesenen Platz. Krüger überflog nur flüchtig den Sprengstoff. Hätte er etwas genauer hingesehen, dann wäre ihm sicher aufgefallen, daß die Ladungen anders positioniert worden waren. Ein Fehler, den nicht einmal ein unerfahrener Sprengmeister, wie Gerd einer war, übersehen hätte.

»Können wir?« Der Regisseur runzelte nervös die Stirn Krüger hielt einen Daumen in die Höhe.

»Wurde auch langsam Zeit«, murmelte er leise und erheblich lauter in sein Megaphon. »Alles auf seine Plätze. Wir fangen gleich an zu drehen.« Am Drehort wurde es lebendig. Jeder kannte seinen Part bei der Sache. Stuntleute, Schauspieler und andere Mitglieder des Drehteams huschten wieselflink in ihre Rolle.

» ... Und Aufnahme!«

Baumann stand fast genau auf dem Platz, wo er gestern schon einmal gestanden hatte. Das Seitenfenster auf der Fahrerseite war heruntergekurbelt und mit aufgestützten Ellenbogen beobachtete er das bunte

Treiben mit einem Fernglas. Aus der Entfernung konnte er nur undeutliches Gemurmel wahrnehmen. Aber an der Gestik der Hauptakteure konnte er ablesen, daß der Tanz bald beginnen würde. Tatsächlich. Die Person, die nur der Regisseur sein konnte, rief das einzige Wort, das er heute hatte hören wollen und wofür er geschlagene drei Stunden warten mußte: Aufnahme. Es klang wie eine liebliche Melodie in seinen Ohren. Seine Mundwinkel verzogen sich nach oben zu einem schiefen Grinsen. Nur wenig später dann die lang ersehnte Detonation.

Er hielt den Atem an. Flammen züngelten aus den kleinen Holzhäusern der alten Westernstadt. Rauchsäulen stiegen zum Himmel empor und verdunkelten den bis dahin so wunderschönen und friedlichen Sommertag. Die ersten qualvollen Schreie erhoben sich aus dem Flammenmeer. Baumann schüttelte genervt den Kopf. Das hatten sie nun davon, daß sie eine ganz normale Sprengung mit Feuer untermalen mußten. Für eine kurze Sekunde lang durchfuhr ihn eine unangenehme Erinnerung. Der Auslandseinsatz. Die Schreie. Das Grauen auf den Straßen nach einem Angriff. Die hatten es verdient. Er schüttelte schnell diese Gedanken ab. Nur schnell weg hier. Das wurde aber auch höchste Zeit, denn nur eine halbe Stunde später wimmelte es am Unglücksort von Rettungswagen und Polizeifahrzeugen. Mit durchdrehenden Rädern fuhr er den trockenen Weg davon, eine lange Staubwolke hinter sich herziehend.

Hommer war gerade auf dem Weg in sein Büro, als das Autotelefon läutete. Am Apparat war Wilhelm, der Produzent seines jetzigen Filmprojekts.

Er klang etwas aufgeregt, mußte einige Male die Worte neu formulieren, ehe er sie richtig herausbekam.

»Was? Es hat eine Explosion auf dem Set gegeben?« Hommer tat überrascht, war es aber ganz und gar nicht.

»Ich dachte, es war heute eine Sprengung geplant?«

»Nein. Sie haben mich nicht richtig verstanden. Bei der Sprengung ist etwas schiefgelaufen. Fünf Menschen sind tot. So viele Verletzte. Oh mein Gott! Was haben wir nur getan?«

Hommer hatte ganz gut verstanden. und insgeheim freute er sich über diese Nachricht. Er lächelte kalt.

»Du meine Güte. Wie kann denn das passieren?« Seine gespielte Betroffenheit wirkte ausgesprochen echt.

»Ich weiß nicht genau.« Wilhelm schnaufte, daß dem Mann am anderen Ende der Leitung die Ohren wehtaten. »Ein Unfall. Ich habe mit Krüger gesprochen. Der meint, daß der Druck in die falsche Richtung gegangen ist. Hier herrscht das totale Chaos, Herr Hommer.«

Seine Stimme bebte, als er das sagte.

»Herr Hommer?«

».Ja Wilhelm?« Hommers Finger trommelten vergnügt auf seinen Oberschenkeln herum.

»Ich glaube, es wäre das beste, wenn wir die Dreharbeiten abbrechen und den Film nicht weiterdrehen.«

»Was?« Hommer glaubte sich verhört zu haben. »Wir müssen die Dreharbeiten beenden!«

»Einen Dreck müssen wir. Schicken sie die Leute für ein paar Tage nach Hause, und dann wird weitergemacht. Von wegen aufhören. Ich habe schon zuviel Zeit und Geld in diesen Film gesteckt.«

»Sie denken nur an Ihr Geld, was? Was ist mit den Menschen, die für Sie arbeiten, sind die denn gar nichts wert? Wenn Sie die Dreharbeiten nicht beenden wollen, dann tue ich es!« Wilhelm war außer sich, Enttäuschung und Wut schwang in seiner Stimme mit. In diesen Sekunden war er bereit, alles zu riskieren.

Auch in Hommer schien der Zorn durchzubrechen. Mit größter Mühe hielt er sich zurück.

»Hören Sie mir gut zu, Wilhelm!« Sich zu beherrschen fiel ihm offensichtlich äußerst schwer. »Die Dreharbeiten laufen weiter wie bisher. Die Tage dazwischen bekommen alle frei, um sich zu sammeln. Besorgen Sie für den Ausfall Ersatz, und werfen Sie den verdammten Krüger raus! Wenn Sie das nicht tun wollen, dann suchen Sie sich in ganz Europa vergeblich einen neuen Job. Habe ich mich klar ausgedrückt?«

Aus der Ohrmuschel war für einige Augenblicke nur schweres Atmen zu hören.

»Na gut, Sie Mistkerl, wenn Sie es unbedingt so wollen, dann kriegen Sie es auch so. Aber eines sollten Sie wissen, ich bin restlos enttäuscht von Ihnen und ich wünsche Ihnen, daß Sie einmal in eine ähnliche Situation geraten wie wir heute.«

»Sie können mich mal, Wilhelm.« Er hatte genug von diesem Mann und legte auf. Er sah aus dem Fenster. Sah die Häuser der Stadt, die sich alle so ähnlich sahen.

Am besten wäre es, wenn er gleich zurück nach Stockholm fliegen würde. Es würde in nächster Zeit eine Menge unangenehmer Fragen geben, die er nicht gerne beantwortete. Außerdem hatte er Ruhe dringend nötig.

»Sommer, fahren Sie direkt zum Flughafen. Ich fliege noch heute nach Stockholm.«

Gordon Sommer, ein Mann, der die fünfzig auch schon überschritten hatte und unter seiner Mütze nur noch einen grauen Haarkranz trug, sagte knapp: »Jawohl!« und bog die nächste Kreuzung rechts ab. Bis zum Flugplatz, auf dem ein Privatflugzeug Hommers immer bereitstand, waren es nur zehn Minuten Fahrt. Zeit, die er damit verbrachte, die mögliche Gewinnspanne auszurechnen, die er durch die kostenlose Werbung erzielte. Eine Tätigkeit, die ihm sichtlich Vergnügen bereitete.

»Sieht alles ganz gut aus, Wagner!" Friedrich blätterte in den Unterlagen, die vor ihm auf seinem Schreibtisch lagen, und nickte anerkennend.

»Danke! Aber aus dem Handel in Cottbus ist leider nichts geworden. Hommer war einfach schneller.« Es war ihm sichtlich unangenehm, aber was sollte er denn machen? Becker sah nur kurz auf und legte seine Stirn in Falten. Das tat er immer dann, wenn er unzufrieden war.

»Und ich dachte, wir hätten das Grundstück so gut wie in der Tasche. Verdammter Mist. Hommer schon wieder, der ist ja schon eine richtige Plage. Das

Geschäft war mir wichtig. Wichtiger als alle anderen zusammen.«

»Wir haben alles versucht. Ich habe mir sogar erlaubt, unser Angebot zu verdoppeln. Doch Hommer hat noch einen draufgesetzt. Wir sind eben finanziell nicht stark genug.«

»Schon möglich. Aber es nervt einen trotzdem. Es gab Zeiten, da war das für uns kein Problem, die Großen zu überbieten. Auch wenn wir nicht genügend Geld hatten, wir fanden jedenfalls immer einen Weg.« Becker lief im Zimmer auf und ab. Er konnte nicht mehr stillsitzen. Ein gieriger Blick erhaschte die vollen und halbvollen Flaschen alkoholischer Getränke. Perlen kalten Schweißes bedeckten seine Stirn, und sein trockener Gaumen verlangte nach einem kräftigen Schluck Hochprozentigen. Dieses Zeug mußte raus hier. Es brachte einen ja um den Verstand.

»Niederlagen haben uns auch nicht viel ausgemacht. Das gehört nun einmal zum Geschäft.« Sicher war es Wagner aufgefallen, daß sein Chef sich etwas merkwürdig benahm. Er kannte aber auch dessen Alkoholproblem und konnte gut nachempfinden, wie er sich fühlte.

»Das weiß ich auch. Es ärgert mich trotzdem. Ich hatte eben damit große Pläne.«

»Große Pläne?« Wagner wurde hellhörig. Von irgendwelchen Plänen hatte er nichts gewußt.

»Ja, Pläne. Darüber will ich jedoch nicht reden. Das ist vorerst sowieso hinfällig geworden. Es ist etwas gewaltig, deswegen muß ich ein passendes Grundstück finden. Becker sah aus dem Fenster seines Büros, das im obersten Stockwerk seines eigenen Verwaltungsgebäudes lag. Dicke Wolken lagen über der Stadt und die Nachmittagssonne hatte große Mühe, sie zu durchbrechen.

»In Brandenburg haben wir mehr als genug davon. Häuser, Baracken, Lagerhallen, alles, was man sich so vorstellen kann.« Wagner sah seinen Chef fragend an.

»Das weiß ich selber!« entgegnete ihm dieser schroff. »Aber jetzt Schluß damit. Wir müssen sehen, daß wir Hommer irgendwie ausbooten können. Wenn wir weiter sein Treiben tolerieren, können wir unseren Laden bald dichtmachen. Und ehrlich gesagt«, Becker holte tief Luft und setzte sich wieder auf seinen Sessel, »dazu habe ich nicht die geringste Lust.«

»Was sollen wir dagegen tun, wenn ich mal fragen darf? Hommer ist ein knallharter Geschäftsmann. Mit legalen Mitteln ist dem nicht beizukommen. Vielleicht wäre es das beste, wenn wir miese Tricks einsetzen. Genauso, wie er es macht.« Sie kannten Hommer beide zur Genüge und wußten, daß ihr Konkurrent vor nichts zurückschreckte. Sie würden sich nicht wundern, wenn der Mann für ein bißchen mehr Profit töten würde. Becker und Wagner konnten aber nicht erahnen, wie recht sie damit hatten.

»Ja! Aber da sollten Sie nicht außer acht lassen, daß wir keine Verbrecher sind. Ab sofort laufen die großen Sachen unter einem anderen Firmennamen. Dann stellt sich ein für allemal heraus, ob der Kerl uns in die Knie zwingen will oder ob er es allgemein so treibt. Wir wollen doch mal sehen, wer von uns als erster aufgibt.« Friedrich schaukelte mit seinem Sessel hin und her. Er konnte ein böses Grinsen nicht unterdrücken. Seine Hände zitterten. »Du schaffst es!« puschte er sich innerlich auf. »Wenigstens heute mußt du trocken bleiben.«

Er sah wieder auf die Flaschen, die sich an der Bar unheildrohend aufbauten.

»Nein! Keinen Tropfen. Dieses Zeug verursacht doch nur Kopfschmerzen und Unwohlsein. In den Ausguß damit. Genau dorthin gehört es. In den Ausguß, da kann es keinen Schaden anrichten.« Friedrich war überrascht, wie schnell seine Gedanken abschweiften. Noch vor wenigen Augenblicken (oder waren es eher Jahre?) dachte er an ganz was anderes. An was eigentlich? Wo war er denn überhaupt? Er sah wieder auf. Wagner, musterte ihn durch seine klaren Brillengläser. Wagner? Ich bin im Büro und hab mit ihm gesprochen. Über was? Er schüttelte sich, nahm die zittrigen Hände vom Schreibtisch, als schämte er sich ihrer, und lehnte sich so weit es ging zurück.

»Ich werde mich auf gar keinen Fall als erster wieder betrinken. Er wird es tun, nicht ich. Hommer wird sich vor mir betrinken, wird sich vor mir übergeben und sich nichts sehnlicher wünschen, er hätte es nicht getan. So wird es sein Wagner. So und nicht anders. Darauf müssen wir einen trinken, Wagner!«

Becker torkelte mehr, als daß er ging, zur Bar. Die klirrenden Gläser rissen ihn aus seiner Lethargie. Mit großen Augen betrachtete er die Flasche Weinbrand die er in der rechten Hand hielt. Dann wurde es ihm klar. Er war nahe daran durchzudrehen.

"Weg mit dem Zeug.« Und im selben Augenblick flogen alle Flaschen und Gläser im hohen Bogen durchs Zimmer. Zerschellten an der harten Wand. Der Alkohol spritzte, lief übelriechend auf den Boden hinab. Becker tobte und wütete, bis alles weggeworfen war. Nichts blieb mehr ganz. Gar nichts. Der Mann drehte sich um. In seinem rot angelaufenen Gesicht spiegelte sich seine Scham wieder. Wagner hatte alles genau mit angesehen. Vor seinen Angestellten sollte man nicht seine Geduld verlieren. Doch er hatte keinen Grund, sich zu schämen. Wagner hatte genau dasselbe mitgemacht. Auch er war dem Teufel Alkohol verfallen und wäre fast daran kaputtgegangen. Er fühlte sich verlassen und verraten. Es war nur noch eine Frage der Zeit, wann er den Job verlor. Die Versicherung, für die er damals als Manager arbeitete, hatte nichts übrig für Trinker und Verlierer. Als solcher fühlte sich Wagner schließlich, als er gefeuert wurde. Doch Else, seine Frau, hielt zu ihm. Stand ihm in der schweren Zeit der Entwöhnung bei und gab ihm die Kraft, die er dafür brauchte. Der Neuanfang war hart und steinig. Viele Ablehnungen, versteckter Hohn und Spott. Sogar gespieltes Mitleid hatte er erfahren müssen. Herr Becker gab ihm die faire Chance, sich zu beweisen. Wagner wußte inzwischen auch, daß die Lebensgefährtin seines Chefs ihn verlassen hatte. So etwas konnte nicht lange geheimgehalten werden und schon gar nicht vor Maria, die alles über jeden in der Firma zu wissen schien

156

"Ja, richtig so. Zerschmettern Sie diesen Dreck an der Wand. Machen Sie keine Kompromisse. Entweder Sie ziehen das jetzt durch, oder Sie lassen das ganz sein.

Ich weiß, wovon ich rede. Wie Sie wissen, stand ich vor demselben Problem.«

Friedrich hielt inne. Sein Gesicht war rot angelaufen Speichel lief aus seinem Mund und tropfte auf den Stoff seines dunkelblauen Anzuges. Er setzte sich wieder.

"Ja, Wagner. Ich mache keine Halbheiten mehr. Das ist mein persönlicher Krieg, und damit muß ich selber klarkommen.« Seine Augen wurden wieder klarer. Doch sie waren auch wie seine Haut rot unterlaufen.

»Sie werden es schaffen, Herr Becker, das weiß ich genau, und wenn ich Ihnen irgendwie helfen kann, dann lassen Sie es mich wissen.« Wagner hatte Mitgefühl mit dem Wrack von einem Mann, der ihm da gegenübersaß. Kein Mitleid, nein. Das konnte sein Chef jetzt ebensowenig gebrauchen wie er damals. Aber ein Gefühl der Nähe, das sie beide verband.

Walter Wagner sah auf seine Armbanduhr.

»Was, schon so spät? Tut mir leid, aber ich habe um fünf noch einen wichtigen Geschäftstermin. Die Leute, die sich für das große Anwesen in Bamberg interessieren. Wenn wir Glück haben, machen wir heute schon den Abschluß.« Er sprang behende auf und rückte seine verschobene Brille zurecht.

»Gut, Wagner, Sie sind ein fähiger Mann. Walter?« Der stand schon in der geöffneten Bürotür, mit seiner braunen Aktentasche in der Hand.

»Ja!«

»Danke für ihr Interesse!"

»Das brauchen Sie jetzt auch. Guten Abend dann noch!« Friedrich Becker blieb alleine in dem Raum zurück. Er dachte noch ein wenig über dieses und jenes nach, wunderte sich darüber, daß sich die Stimme in seinem Inneren nicht wieder meldete. Die alte Frau, die sich in sein Leben einmischte und es zur Hölle machte. Die Frau, deren Gestalt wie aus dem Nichts auftauchte und nur Böses im Schilde führte. Ein Umstand, der, weiß Gott, ihm nicht unangenehm war.

»Bist du fertig, Kleines?« Friedrich trat ungeduldig von einem Fuß auf den anderen. Er hatte seiner Tochter versprochen, mit ihr in die Eishalle zu fahren, um Schlittschuh zu laufen. Friedrich hatte in der Nacht schlecht geschlafen. Sein Kopf schmerzte, schien auseinanderzubrechen. Zum Glück fand er im Badezimmerschrank noch ein Schmerzmittel, das die Auswirkungen seiner ersten Nacht ohne einen Schluck Alkohol etwas linderte.

»Ich komme schon.« Friederike lief flink die Treppe hinunter, auf ihrer linken Schulter hingen das Paar weiße Eislaufschuhe, das sie zu ihrem neunten Geburtstag bekommen hatte. Ihre Augen leuchteten.

»Nicht so schnell, du brichst dir ja noch den Hals!«

»Wir können los, Papa!"

»Paß auf, daß sich diese Dinger nicht in deinem Haar verfangen!«

»Mach Ich!« Friederike riß vehement die Tür auf und lief schon voraus.

»Komm doch!« Sie konnte es kaum noch erwarten.

Doch ihr Vater kam nicht. Vor einigen Minuten war er es gewesen, der nicht schnell genug losfahren konnte, und jetzt? Jetzt mußte sie auf ihn warten.

»Papa?« Angst stieg in ihr auf. Sie wußte nur zu genau, daß in diesem Haus merkwürdige Dinge geschehen waren. Deshalb ging sie wieder zurück, mit einem unguten Gefühl in der Magengegend.

Die Tür stand noch offen. Von drinnen war nichts zu hören. Kein Laut. Gar nichts. Nur von draußen drang ihr Vogelgezwitscher ins Ohr. Wenn man sich dem widmete, schallte es laut und wurde mit der Zeit nervtötend. Sie ging zurück. Noch immer spürte sie dieses unangenehme Gefühl im Bauch, das sie in jeder unnormalen Situation befiel. Ihre zitternde Hand griff nach den Schlittschuhen und warf sie beiseite. Die letzten Schritte zur Tür lief sie mehr, als daß sie ging. Zuerst sah sie ihren Vater nicht, doch bemerkte sie seine Gestalt, die am

Boden lag und sich nicht rührte. Das Mädchen schrie laut auf. Ihr Herz pochte schneller. Schlug regelrechte Purzelbäume in ihrer Brust.

Ihr erster Gedanke war, daß ihr Vater tot war und daß sie nun ganz alleine auf der Welt war. Dieser Gedanke war ihr zuwider. Sie wischte ihn einfach beiseite wie die Tränen in ihren Augen.

»Papa! Steh auf, bitte!" Friederike beugte sich über ihm streichelte über sein Gesicht, das doch ziemlich heiß war. Friedrich hustete, hob schwerfällig seine Lider. Doch er konnte seine Augen nicht öffnen.

Obwohl das Wetter nicht so schön war wie in den Tagen zuvor, waren die Temperaturen angenehm.

Jedenfalls draußen. Doch im Inneren des Hauses fröstelte Friederike. Die hellblaue Sommerhose hielt nur das gröbste ab. Sie hätte doch noch einen Pullover und zusätzlich eine Jacke anziehen sollen. Das Mädchen hockte neben ihrem Vater. Was konnte sie in dieser Situation tun? Hilfe rufen, was denn sonst.

Sie stand auf, wollte gerade zum Telefon gehen und 112 anrufen, da erschien eine leuchtende Gestalt. Sie schien über der Treppe zu schweben. Friederike erschrak zuerst, beruhigte sich gleich wieder ein bißchen, denn sie kannte die Erscheinung aus ihren Träumen. Es war die Frau, die sie an andere Orte brachte, und sie mochte das nicht. Ganz und gar nicht. Sie wich zurück, bis ihr Rücken die kalte Wand berührte. Die Handflächen waren ganz feucht. Wenn man eine Gestalt im Traum wahrnahm, war das etwas anderes, als wenn sie im richtigen Leben vor einem stand. Ein Blick erhaschte ihren Vater, der noch immer bewegungslos auf dem kühlen Parkettboden lag, mit dem das Vorzimmer ausgestattet war. Das Mädchen wußte nicht so recht, was sie davon halten sollte. Noch niemals war es in der Umgebung so kalt gewesen wie am heutigen Tag.

»Was willst du von mir?« Sie feuchtete die trockenen Lippen mit der Zunge an. Die Konturen der Frau wurden schärfer, und der sanftmütige Gesichtsausdruck, den die Person bei ihren ständigen Besuchen an den Tag legte, war jetzt deutlich zu sehen. Es war Frau Bertram. Friederike kannte den Namen der Frau nicht, denn sie war noch viel zu jung, als die Ehefrau des Nachbarn starb.

»WIR WOLLEN DOCH DEN HOCHMUT DER MENSCHEN BESTRAFEN. WEISST DU DAS NICHT MEHR?« Ihre Stimme klang melodisch, recht angenehm für wohl jedes Ohr.

»Ich will das nicht mehr machen. Es ist böse, was wir da tun.« Friederikes Tränen glitzerten im hellen Schein der Geistgestalt. Sie war es leid, ständig aus ihrem schlafenden Körper gerissen zu werden, um anderen Menschen einen wilden Streich zu spielen.

»ES IST NICHT BÖSE, WIR ERTEILEN DEN LEUTEN NUR EINE KLEINE LEKTION. SIE SCHEREN SICH NICHT UM DIE GEFÜHLE ANDERER, LASSEN KEINE GELEGENHEIT AUS IHREN MITMENSCHEN WEH ZU TUN UND VERSUCHEN ERST GAR NICHT SICH ZU BESSERN.«

Frau Bertram sprach das mit gleichbleibender, unerhört freundlich klingender Stimme.

»Kümmerst du dich denn um meine Gefühle?« Friederike sprach es trotzig, genauso, wie es ihr Vater nicht mochte. Sie dachte kurz darüber nach und wurde wieder etwas leiser.

»NATÜRLICH MACHE ICH DAS. ICH LIEBE DICH, UND ICH LIEBE DEINEN VATER. ABER WIR MÜSSEN DIESE LEUTE ZUM BESSEREN BEKEHREN. AUCH DIE BÖSEN MENSCHEN LIEBE ICH. DAS HÖRT SICH JETZT SEHR MERKWÜRDIG AN, ABER ES IST DOCH NUN EINMAL SO. WIR MÜSSEN JEDE ERDENKLICHE MÖGLICHKEIT AUSNUTZEN, UM IHRE SEELEN

ZU RETTEN. AUCH WENN WIR NICHT SO SCHÖNE MITTEL DABEI ANWENDEN.«

»Dann sind wir aber genauso schlimm wie jene, die sich ändern sollen. Ich glaube nicht, daß ich so sein will.« Sie sah die Erscheinung genau an. In deren Augen flackerte etwas. Irgendwas ließ ihre Gedanken abschweifen. Die Lichtsilhouette der Frau schwebte noch höher, bis sie direkt mit der Decke zu verschmelzen schien. Friederike spürte wieder die fremde Wesenheit im Raum. Sie wußte, das daß Unbekannte in der Nähe war, denn es wurde immer frostiger. Auch die Luft roch unangenehm Sie hatte keine Ahnung, was dem Gestank ähnelte. Faule Eier kamen dem am nächsten.

»Wer ist da?« Die Frage war an die Frau gerichtet, die immer noch lauernd unter der Deckenkante schwebte.

»Haben Sie mich nicht gehört?« Friederike runzelte die Stirn. Sie hatte aufgehört zu weinen. Allmählich legte sie die anfängliche Scheu ab und trat einige Schritte näher an den Treppenaufgang heran. Sie mochte es ganz und gar nicht, wenn sie auf eine Frage keine Antwort bekam. Diese Frau nahm sie einfach nicht mehr wahr. In ihr kroch Wut hoch. Na ja, Wut war ein zu harter Ausdruck dafür, man sollte lieber sagen leichte Verstimmung. Sie war verstimmt darüber, daß sie nicht mehr beachtet wurde. Solche Unhöflichkeit sollte man einfach nicht hinnehmen, doch mehr, als insgeheim darüber schmollen, konnte sie nicht machen. Bei einem richtigen Menschen wäre das etwas anderes gewesen, aber bei der Frau handelte es sich um einen Geist und die machten sowieso, was sie wollten. Sie nahm ihren ganzen Mut zusammen und sprach so laut und deutlich, daß auch die Frau es verstehen mußte.

»Es ist noch jemand anders im Raum, nicht wahr?«

».Ja«, sagte die Geistfrau nur kurz.

 Linda traute ihren Sinnen nicht so recht. Sie sah ihn nicht. sie hörte ihn nicht, und sie konnte ihn auch nicht erfassen. Doch sie spürte seine unmittelbare Nähe. Sie fühlte seine Nähe schon seit geraumer Zeit. Obwohl so etwas wie Zeit im Leben, in dem sie jetzt weilte, gar nicht existierte.

Vergangenheit war Gegenwart und Gegenwart war Zukunft. Die Zeiten verschmolzen in eine Leuchtkugel zur Ewigkeit. Sie wußte, daß das Erdendasein ihres Ehemannes durch einen grauenhaften Tod beendet worden war, seit sie in ihre jetzige Welt gegangen war. Doch sie fanden nicht zueinander. Irgend etwas hielt sie beide voneinander getrennt, und dieses Etwas war böse.

»Wir haben uns ja eine Ewigkeit nicht mehr gesehen!« Die Stimme klang holprig laut, aber sanft. Der zweite Geist, der Bertram hieß, schwebte heran. Die Luft war erfüllt von fauligem Geruch. Auch die Kälte wurde unerträglicher. An den Wänden bildeten sich Eiskristalle, die durch das einfallende Sonnenlicht glitzerten. Friederike erschrak, lief zurück zu ihrem Vater, der wieder zu Besinnung gekommen war. Er fluchte, redete etwas von der Kälte und richtete sich auf. Er fiel fast wieder rücklings auf den Boden, als sich seine Tochter ihm um den Hals warf und sich ihre kleinen Arme wie Zangen an ihn drückten.

»Was zum Teufel...?« Seine Augen weiteten sich. Er hatte schon viel gesehen, doch das hatte er mit seiner

Trunksucht zu erklären versucht. Vielleicht handelte es sich jetzt auch um eine Sinnestäuschung. Er fühlte sich so ausgelaugt, so müde, und er fror. Friedrich wußte im Augenblick nicht einmal. wo er sich überhaupt befand Er konnte sich zwar erinnern, wie sie das Haus verlassen wollten. Friederike war vorausgelaufen. Und er selber? Er fiel in tiefe Bewußtlosigkeit. Dieser Durst brachte ihn noch um den Verstand. Sein Inneres schien ausgetrocknet zu sein. Einen Schluck Whiskey konnte er jetzt schon vertragen. Vor seinen Augen schwebten die Gestalten aus Licht, die er für Täuschungen seines überforderten Gehirns hielt, und er war sich sicher, daß er sich bei nächstbester Gelegenheit in die Obhut eines Psychiaters begeben würde.

Die Lichtkörper verschmolzen miteinander, als sie sich berührten. In der Umgebung wurde es spürbar wärmer. Die Eiskristalle wurden zu Wasser, das die Wände herunterlief.

»Nichts wie raus hier!« Friedrich war die ganze Sache nicht recht geheuer. Er hatte keine Halluzinationen, denn wenn er sie gehabt hätte, würde Friederike sich nicht dermaßen fürchten.

Dem Mann schmerzten die Knochen, als er aufstehen wollte. Es klappte jedoch gleich beim ersten Mal. Mit seiner Tochter auf dem Arm lief er geradewegs zur Haustür, die bei dem ganzen Durcheinander ins Schloß gefallen war.

Seine Hand umfaßte den Türknauf, doch er ließ sich nicht bewegen. Friedrich umschloß ihn fester, drehte ihn. Aber es nutzte nichts. Er versuchte die Tür an sich zu ziehen. Sie rührte sich nicht. Die Wärme aus seiner

Hand schien zu verfliegen. Nach und nach wurde sie steifer. Das Eis fraß sich im Blut hoch bis zum Handgelenk. Das konnte doch nicht sein! Panik kam in seinem Inneren auf, ließ ihn seine vollkommen starre Eishand zurückschnellen. Zum Glück klebte sie noch nicht sc stark an dem Metall. Ein bißchen mehr, und die Finger hätten als rote Eisklumpen vor ihm auf dem Boden gelegen.

»Verkommener Mist!« Friedrich starrte seine Hand ungläubig mit großen Augen an. Er konnte sie nicht bewegen, und das Kribbeln war schier unerträglich. Es war einfach unglaublich, daß aus lebendem Gewebe in so kurzer Zeit ein toter Klumpen Eis wurde. Die Augen traten aus ihren Höhlen. Vor allem Friederike, die ihren Kopf die ganze Zeit an seiner Brust verbarg, konnte das alles nicht verstehen. Wie Friedrich es auch drehte und wendete, es half nichts. Vater und Tochter sahen einander abwechselnd in die Augen sowie auch auf das tiefgefrorene Gebilde, das bis vor wenigen Minuten einmal eine Hand gewesen war.

Dann schrien beide wie auf Kommando los. Das Mädchen mehr aus Angst, weil sie die Sache nicht mehr so gut verarbeiten konnte und der Mann mehr aus Wut. Wer oder was in aller Welt konnte so etwas tun?

Das Haus fing in seinen Grundfesten an zu beben. Die Wände zitterten, und die Möbel vibrierten. Einer Erschütterung folgte die nächste. Friedrich hegte schon einen schlimmen Verdacht. Dieser wurde kurz darauf noch bestätigt. Als ob nicht schon genug Leute im Raum herumstanden oder durch die Luft flogen, mußte sich auch noch eine gute Bekannte die Ehre geben. Die nebelartige Lichterscheinung durchdrang die Haustür, als wäre diese weiche, zerfließende Butter. Friedrich wich zurück. Sein Mund stand weit offen, und der Unterkiefer hing an der tiefsten Stelle. Er drückte sein Kind fester an sich, das sich seinerseits fester an ihn schmiegte.

Es war die alte Frau, mit der er schon des öfteren Bekanntschaft gemacht hatte. Der Geist baute sich vor ihm auf. Ein großer Körper aus Licht, der gut und gerne zwei Meter und fünfzig groß war. Zweifünfzig geballte Ladung Bosheit, der man nicht entrinnen konnte. Die Vibrationen nahmen stetig zu, ließen keine Pause zum Durchatmen. Ein ein Zentimeter dicker Eispanzer kroch Stück für Stück hinauf. Binnen kürzester Zeit war aus dem sonnendurchfluteten Raum regelrecht eine Tiefkühltruhe geworden.

»NA, DA STAUNST DU, WAS KLEINER? MICH HATTEST DU AM ALLERWENIGSTEN HIER ERWARTET! r». HAST DICH SICHER EINSAM GEFÜHLT, GANZ OHNE MICH.« Die alte Frau lächelte übers ganze Gesicht. Eher ein häßliches Grinsen. Friedrich war vollkommen perplex und das freute sie ja besonders. Dadurch verfiel sie in ein Glücksgefühl, das sie schon verloren zu haben glaubte. Raus hier, nichts wie raus hier. Friedrich konnte sich nicht um seine gefrorene Hand scheren. Sie mußten irgendwie aus dem Haus gelangen. Egal, wie. Der Eispanzer, der auf den Wänden lag, schien undurchdringlich. Nirgendwo war auch eine einzige Schwachstelle zu finden. Nicht mal eine etwas dünnere Stelle, die man hätte durchdringen können. Er rannte die Treppe hinauf, rutschte auf einer Stufe aus und wäre der Länge nach hingefallen, wenn er sich nicht durch eine akrobatische Meisterleistung hätte wieder ins Gleichgewicht bringen können.

Diese Kälte war doch nicht zum Aushalten. Er mußte sich ziemlich weit zurückerinnern, um überhaupt das klamme Gefühl in seinen Gliedern richtig deuten zu können.

»Linda, helfen Sie uns! Bitte!« Friedrich bat zwar äußerst ungern jemanden um einen Gefallen, doch er hatte keine andere Wahl. Einen kräftigen Schluck Weinbrand würde er jetzt garantiert nicht ablehnen, und er würde viel für eine ordentliche Zigarette geben. Nicht alles, nein, das war es einfach nicht wert, aber viel. Linda und ihr Mann standen vor ihm. Nun, sie standen nicht, sondern schwebten eher. Es war ihm einfach nicht wohl dabei. Er schämte sich und würde eher eine Nacht mit dieser widerlichen alten Hexe, die ihnen das alles eingebrockt hatte, verbringen. als um Hilfe zu betteln.

»Bitte!« Wieder überkam ihn ein kalter Schauer dabei.

Er sprach bewußt Linda an, denn bei Bertram konnte er beim besten Willen nicht sicher sein, daß er auch tat was er meinte. Im Raum war es jetzt still, nur das leise Wimmern des kleinen Mädchens durchdrang die kalte Luft wie ein Atemhauch. Die beiden ehemals verheirateten Geistergestalten schienen keinerlei Notiz von ihrer Umgebung, oder was um sie herum geschah, zu nehmen. Sie hatten sich lange nicht gesehen, und dafür hätte auch Friedrich Verständnis gehabt. An jedem anderen Tag, an jedem anderen Ort. Bloß jetzt nicht. wo sie in tatsächlicher Gefahr schwebten.

Das Ehepaar stand dicht beieinander. Sie strahlten sich geradezu an. Erst als Friedrich die Frau das zweite Mal um Hilfe bat, horchte sie auf. Ihr auch sonst schon helles Antlitz überstrahlte alles. Ein strahlenderes Lächeln hatte man bei ihr zu Lebzeiten recht selten zu sehen bekommen. Ihre weiße Stirn zog sich in Falten. Sie schien zu überlegen, was als nächstes zu tun sei. Aber das war nur äußerlich. Sie wußte ganz genau, was sie wollte. und sie würde es konsequent durchführen. Ohne wenn und aber, in gerader Linie zum Ziel.

»JETZT IST SCHLUSS, SIE HABEN GENUG UNHEIL ANGERICHTET. GEBEN SIE ENDLICH FRIEDRICH UND FRIEDERIKE FREI!« In der melodischen, sanften Stimme schwang ein resoluter Ton mit, der anzeigte, daß sie das Gesagte ernst meinte.

Friedrich sah abwartend die Erscheinungen an. In seiner gefrorenen Hand prickelte es wieder stärker. Die Gestalten ihm gegenüber versprühten jetzt wohlige Wärme. Auch der ansonsten so üble Scott verbreitete nicht die Kälte, die er sonst bei seinem Erscheinen hinterließ.

»DU HAST IHNEN GENUG ANGST GEMACHT. LASS SIE JETZT GEHEN!«

Bertrams nebliger Körper vergrößerte sich, bis er die Höhe seiner Gegnerin erreicht hatte. Die sanften Gesichtszüge ließen auf eine plötzliche innere Wandlung hoffen.

»WAS NIMMST DU DIR HERAUS? DU WEISST ANSCHEINEND NICHT MEHR, MIT WEM DU ES ZU TUN HAST?«

»NATÜRLICH WEISS ICH DAS. MIT ALICE HOMMER, DER STREITSÜCHTIGSTEN UND BÖSESTEN FRAU, DIE MIR JE UNTERGEKOMMEN IST!«

Die Situation war geladen. Niemand wußte so recht, was er davon halten sollte. Sie verstanden nicht, was da passierte. Hatte sich Bertram nach all den Jahren wirklich geändert? Die Liebe zu seiner Frau schien sogar bis in die Ewigkeit hinein zu wahren. Hommer? Dieser Name war Friedrich nur allzu gut bekannt. Seine Kinnlade klappte nach unten. Er wußte es doch schon seit geraumer Zeit, daß er die alte Frau von irgendwoher kannte. Kannte wäre schon zuviel gesagt. Er hatte von ihr gehört. Vor Jahren, als er noch viel Zeit und Mühe in den Aufbau seiner Firma steckte. Was ihm damals zu Ohren kam, war alles andere als gut. Sie war bei den Geschäftsleuten in der Branche gefürchtet wegen ihres resoluten Vorgehens. Sie gab die Anweisungen und Befehle. Ihr Sohn Gerald war nur der Laufbursche, der diese Anordnungen in die Tat umsetzen sollte. »Ja, Mama. Geht klar Mama." Ein Muttersöhnchen wie es im Buche stand. Das sich der Kerl zu einem ausgebufften Unternehmer entwickelte, ist schon bemerkenswert.

Als Alice Hommer dann starb, hatte ihr Sohn lange daran zu knabbern. Ihr Tod kam so plötzlich und unerwartet. Doch er schaffte es mit seiner unangenehmen Art, aus dieser Talsohle zu entkommen.

Wenn sich dann Becker diese Gestalt da vor sich ansah, wußte er, daß dieser Kerl auch aus dem Jenseits tatkräftige Hilfe bekam.

»DIE BEIDEN BLEIBEN HIER, UND DAMIT HATS SICH. MIT DENEN BIN ICH NOCH NICHT FERTIG. SIE STEHEN MEINEM SOHN IM WEGE UND, OFFEN GESAGT, ICH PERSÖNLICH MAG SIE AUCH NICHT GERADE BESONDERS. EIN SÄUFER UND SEIN TELEPATHISCHER PLAGEGEIST. ACH, WIE RÜHREND. SEHT EUCH DOCH MAL AN, WIE SICH DIE KLEINE AN IHREN VATER KLAMMERT." Sie sprühte nur so vor Bosheit und schlechtem Benehmen.

»MÖCHTEST DU VIELLEICHT EINE FLASCHE HOCHPROZENTIGEN? ICH SEH' DOCH, WIE DU DANACH GIERST. DEINE AUGEN SIND VERRÄTERISCH, UND SIE SAGEN MIR ALLES. TRAU DICH! TRINK EINEN SCHLUCK!" Wie aus dem Nichts flog eine Flasche Wodka herbei. Friedrich mußte sich bemühen, Ruhe zu bewahren. Sein Rachen war trocken und die Angst groß. Der Wodka würde ihn beruhigen. Doch er konnte sich nicht dieser alten Hexe beugen. Auf gar keinen Fall. Er schleuderte die Flasche mit der Eiskralle aus seinem Sichtbereich. Sie zerschellte an der Wand und verschwand spurlos.

»ICH HABE NOCH MEHR DAVON. NIMM EINEN KRÄFTIGEN SCHLUCK! VIELLEICHT WIRST DU JA DANN VON MIR AKZEPTIERT!" Sie grinste wieder hämisch.

Die alte Frau hatte recht. Er mußte was trinken, auch wenn das hieße, daß er sich der Hommer beugen mußte. Für die Flasche Wodka, die er soeben abgewiesen hatte, würde er jetzt, Sekunden später, seine rechte Hand geben. Ein Kribbeln durchzuckte das tiefgefrorene Fleisch. Er konnte sie sowieso nicht mehr gebrauchen. Nein und nochmals nein.

Die Gestalt der alten Frau schwebte bis auf einen Meter heran, und Friedrich stieg rückwärts Stufe für Stufe die Treppe hinauf. Er sah eine Möglichkeit, durch das Fenster zu fliehen, das sich am oberen Ende der Treppe befand. Aus den Augenwinkeln beobachtete er es. Das Eis darüber war nicht dick genug, und mit einem Sprung wären sie in der Freiheit. In seinem Kopf begann es zu hämmern. Seine innere Stimme meldete sich wieder. Die gute? Die schlechte? Es war die gute und es handelte sich nicht um seine innere Stimme, wie er immer angenommen hatte, sondern um Linda. Ihre Gedanken durchbohrten regelrecht sein Gehirn.

»WENN DU ES VERSUCHST, WIRD ES DIR GELINGEN." Als ob es laut ausgesprochen worden war, so deutlich vernahm er es. Becker musterte die Bertrams, die das Fenster flankierten.

» IHR BRAUCHT KEINE ANGST ZU HABEN. ES WIRD ALLES GUT WERDEN." Linda berührte seine Klaue, die sofort in einem Wölkchen aus undurchsichtigem Nebel verschwand. Das merkwürdige Kribbeln ließ nach und ein wunderbares Gefühl des Lebens drang bis ins Blut seiner Adern.

»FRIEDERIKE?"

Das Mädchen reckte ihren Kopf heraus. Doch auch Friedrich verstand die ungesprochenen Worte. Er wunderte sich nicht darüber, daß er es tat, sondern

171

darüber, daß Friederike darauf antwortete. Ein unterdrücktes `ja' ließ ihn aufhorchen.

»DU MUSST MIR JETZT HELFEN! DU BRAUCHST KEINE ANGST ZU HABEN. DASS DU ES NICHT SCHAFFEN KANNST. KONZENTRIER DICH EINFACH AUF DEINEN VATER. KONZENTRIER DICH DARAUF. UND SEI DABEI GANZ RUHIG. DRÜCK IHN MIT DEINEN GEDANKEN DURCH DAS FENSTER. UND IHR WERDET FREI SEIN.«

Ein angsterfüllter Aufschrei durchzog ihre Gedanken.

»NEIN. EUCH WIRD NICHTS PASSIEREN. HAB NUR VERTRAUEN ZU MIR MEIN KLEINES.«

Die alte Frau schien nichts mitzubekommen. Sie war damit beschäftigt die Möbel, die unten im Vorraum standen, durch die Luft zu schleudern. Die zwei Stühle und der Tisch segelten an ihnen vorbei und krachten polternd an die Wand. Becker war, als ob ihm jemand die Luft nahm. Friederike starrte direkt auf seinen Brustkasten.

»WEITER SO. FRIEDERIKE. DU SCHAFFST ES.«

»Ich kann es nicht.« Sie bewegte ihre Lippen, doch diese Worte dachte sie.

»DOCH. DU MACHST DAS AUSGEZEICHNET.«

Der Druck auf ihn erhöhte sich noch mehr. Friedrich bewegte sich. Ohne überhaupt ein Glied zu rühren. Seine Muskeln waren starr. Eine unsichtbare Kraft spürte er auf sich liegen. Das Mädchen konzentrierte sich nicht. Nur die Augen waren völlig entspannt auf ihren Vater gerichtet. Die ganze Luft um sie herum vibrierte. Zahlreiche Nebelschwaden, die sich um den

Oberkörper bildeten, vereinigten sich zu einem einzigen, scheinbar festen Objekt, das einer menschlichen Hand glich.

»WAS HABT IHR VOR?« Die alte Frau Hommer hatte wahrscheinlich von ihrer Spielerei genug. Sie schwebte näher heran, doch es war einfach schon zu spät, als sie merkte, daß man sie hereingelegt hatte. Von ihr war nur ein wütender Aufschrei zu hören. dann nichts mehr. Ein Heulen und Pfeifen durchfuhr das Haus. Becker hielt sein Kind fester in den Armen. Ein Stoß und er flog rücklings durch das geschlossene Fenster.

Friedrich schnappte nach Luft. Er war auf den Rücken gefallen, der seiner Meinung nach hätte ihm mehr Schmerzen zufügen müssen, als er es wirklich tat. Doch dieses geringfügige Stechen merkte er kaum. War Friederike auch nichts passiert? Seine Hand griff suchend nach vorn. Er bekam ihren kleinen Kopf zu fassen. Erleichtert stellte er fest, daß sie sich bewegte. Himmel, da war alles gerade noch einmal gutgegangen. Es dauerte noch einige Augenblicke, bis er wieder bei Besinnung war. Das Tageslicht blendete seine Augen, als er sich aufrichtete. Das Haus, von außen noch völlig unversehrt, strömte trotz der wärmenden Sonnenstrahlen die Kälte aus, die es auch von innen zu einem Kühlschrank werden ließ.

»Alles in Ordnung mit dir?« Friedrich konnte sich kaum auf den Beinen halten.

»Ja!« Jedenfalls glaubte sie es. Was sie eben erlebt hatte, war aber nicht zu glauben. Vielleicht sollte sie das Ganze erst gar nicht herausfinden.

»Ist dir wirklich nichts passiert?« Vorsichtshalber musterte er Friederike von allen Seiten.

»Mir geht es gut. Aber ich will so schnell wie möglich weg hier.«

Die Erde bebte, und das Haus wackelte bedrohlich hin und her. Das Dach hob einfach vor ihren erschrockenen Gesichtern ab und stürzte wie von unsichtbarer Kraft ergriffen auf die gegenüberliegende Seite. Der Wind frischte auf.

»Weißt du was, Mädchen? Ich auch!« Sie rannten ohne, sich noch einmal umzudrehen, zum Auto und fuhren mit durchdrehenden Reifen davon. Sie bemerkten auch nicht mehr, wie aus dem abgedeckten Haus drei Feuerkugeln emporstiegen und in den Weiten des Himmels verschwanden.

Die Sonne drang nur mit Mühe durch die grau verhangene Wolkendecke. Es regnete schon den ganzen Tag über, und in den Straßen von Hamburg erhob sich eine regelrechte Sturzflut in den verschmutzten Gossen. Nur wenige Menschen widerstanden den Unbilden der Natur. Mit Regenschirm ausgestattet und in wasserdichte Sachen gehüllt, gingen einige am Seeufer spazieren, andere hingegen liefen nur dann draußen herum, wenn sie etwas Wichtiges zu erledigen hatten. Auto an Auto drängte sich durch den Feierabendverkehr. Ein stetig wiederkehrendes Verkehrschaos, das durch das unvermeidliche Hupen irgendwelcher idiotischer Fahrer begleitet wurde, die in der Hoffnung, dadurch irgendwie schneller ans Ziel zu kommen, immer und immer wieder auf den ominösen

Tastschalter inmitten des Lenkrads drückten. Was sollte man noch viel darüber reden. Solche Leute konnte man nicht ändern. So gern man es wollte. Friedrich Becker war nicht das erste mal in Hamburg. In den letzten beiden Jahren erwarb er in der Stadt und der näheren Umgebung einige Immobilien. Dazu noch ein paar Hektar preiswertes Bauland in guter Wohnlage. Damit ließ sich ein außerordentlich gutes Geschäft machen. Becker liebäugelte sogar mit dem Bau eines Bürohochhauses. Dies wäre das erste Projekt dieser Art, das er in Angriff nehmen würde. Friedrich lächelte bei der Vorstellung, daß seine kleine Firma diese Sache in spätestens einem Monat in Angriff nehmen würde.

»Möchtest du was essen, mein Schatz?« Becker nahm den Hörer des Telefons in die Hand und wählte die Nummer eines Restaurants, das ihm einer seiner Geschäftspartner empfohlen hatte. Es lag gleich in der Nähe, das Essen war gut und der Außerhaus-Service ungewöhnlich zuvorkommend.

»Ich habe keinen Hunger.« Nur kurz hob Friederike ihren Kopf. Sie war mit ihren Gedanken bei den Schularbeiten Auf dem Wohnzimmertisch lagen ordentlich aneinandergereiht Bücher, Hefte, Schreibutensilien, kurzum alles was man so für die Schule brauchte. Immer wenn ihr Vater auf Geschäftsreise war, verbrachte das Mädchen ihre meiste Freizeit damit, etwas für ihre Bildung zu tun.

»Ja, Friedrich Becker hier. Bitte schicken Sie mir zwei Käse-Stullen ein wenig Obst und heiße Milch für zwei Personen.«

»Geht klar! An die gleiche Adresse?«

175

»Ja, an dieselbe.«

»Kommt sofort.« Der junge Mann am Telefon hatte das zweite Wort noch nicht ganz ausgesprochen, da hatte er den Hörer schon aufgelegt.

An die Fenster des Hauses prasselte unaufhörlich der Regen. Normalerweise fiel der Niederschlag, wie jetzt in Hamburg, im Januar als Schnee. Doch die ungewöhnlich milden Temperaturen in diesem Winter ließen bis jetzt noch keinen Schnee zu. Friederike Luise hatte in ihrem ganzen bisherigen Leben noch nie Schnee gesehen. Ja. auf Bildern und im Fernsehen schon, doch wirklich angefaßt und eine Schneeballschlacht gemacht, das wäre etwas völlig Neues für sie gewesen.

»So. Ich bin fertig.« Friederike hatte ihre Hausaufgaben erledigt und packte die ganzen Bücher und Hefte, die vor ihr auf dem Tisch lagen, zusammen. Friedrichs Lächeln erstarb, als er sie so ansah. Sie war mittlerweile zwölf, und es dauerte nicht mehr lange, bis sie erwachsen war. Dann würde sie allzu selbständig werden und sich Irgendwo eine eigene Wohnung suchen und sich von ihm abnabeln. Vielleicht würde sie in seiner Nähe bleiben, doch es wäre nur eine Frage der Zeit, bis das Band, daß sie zusammenhielt, zerreißen würde. Aber es könnte auch sein, daß das Gegenteil davon passierte. Man konnte die Zukunft eben nicht mit Bestimmtheit vorhersehen. Eines war jedoch klar. In den letzten sechs Jahren hatte er sich nur sehr wenig um Friederike Luise gekümmert, und wenn er sich nicht ganz und gar von ihr entfremden wollte, durfte er nicht seine Zeit mit irgendwelchen Geschäftsleuten verschwenden. Schließlich hatte er nicht mehr viel Zeit. Die Kindheit hatte man nur einmal, und als Eltern sollte man darauf bedacht sein, daß man die Jugend ihrer Sprößlinge in vollen Zügen genießt.

»Was ist los? Warum guckst du so traurig?« Friederike konnte man nicht so leicht etwas vormachen. Obwohl sie sich äußerst selten sahen, kannte sie doch ihren Vater in- und auswendig. Ihre tiefblauen Augen schienen bis in sein innerstes Selbst sehen zu können und jedes mal, wenn das geschah, fühlte sich Friedrich wie ein Einbrecher, der auf frischer Tat ertappt wurde. Er räusperte sich und biß auf seine Unterlippe.

»Ich habe nur daran gedacht, daß wir noch nie zusammen irgendwo Urlaub gemacht haben.«

»Wir waren doch schon inm Hansapark. «

»Hansapark? Nein, das war doch nur ein kleiner Ausflug und das ist mindestens drei Jahre her, wenn nicht noch länger. Ich meine, es wäre doch schön, einmal in die Berge zu fahren. Du hast doch bis Donnerstag frei?«

»Ja. das stimmt, aber ... ?«

»Nichts aber. Oder willst du lieber hier bleiben? Dann gehen wir eben ins Kino, oder wir genießen die Aussicht
im Hafen! «

»Meinst du das wirklich im Ernst, Papa?« Friederike war nicht wenig überrascht. als sie diesen Vorschlag hörte. Sie merkte nicht einmal, wie der ganze Stapel Bücher vom Tisch auf den Fußboden fiel.

»Habe ich schon einmal etwas gesagt. was nicht ernst gemeint war?«

»Wenn ich ehrlich sein soll, ja. Weißt du nicht mehr, damals, als wir zusammen mit Johanna nach Kanada fliegen wollten und du im letzten Augenblick abgesagt hast?«

»Oh ja. Ich kann mich erinnern. Aber das kommt nie wieder vor.«

»Man sollte nie nie sagen. Papa. Versprich es mir!«

Friedrich mußte wieder grinsen, als sie das ausgesprochen hatte. Denn er wußte nur zu gut, daß man nie nie sagen sollte. Es war sozusagen sein Lebensmotto, das er jedes mal dann aussprach, wenn jemand das kleine Wörtchen nie in seiner Anwesenheit verwendete.

»Ich schwöre es!« Das war es, auf das Friederike nur gewartet hatte. Sie sprang jubelnd auf und merkte nicht einmal, wie sie auf den eben gemachten Hausaufgaben herumtrat. Die Hefte zerknitterten, doch das war ihr ziemlich egal. Sie würde mit ihrem Vater in die Berge fahren. Endlich konnte sie aus richtigem Schnee einen Schneemann bauen, aber das wichtigste von allem, ihr Vater nahm sich endlich Zeit für sie. Sie hatte so lange darauf gewartet, daß sie ihn bei ihrer Umarmung fast erdrückte.

»Danke! Ich liebe dich.« Für einen kurzen Augenblick dachte Friedrich daran, in Tränen auszubrechen. Tatsächlich wurden seine Augen feucht, doch das Weinen konnte er gerade noch so unterdrücken.

»Ich liebe dich auch, mein kleiner Engel.« Einige Minuten stand Becker mit seiner Tochter auf dem Arm und umarmte sie so liebevoll, wie er es schon früher hätte machen müssen. Während drinnen einträchtige

Harmonie herrschte, klopften übergroße Regentropfen an die wasserbenetzten Scheiben. Der Wind, der kurz zuvor noch am Abflauen war, frischte wieder auf. Sein Heulen verstärkte sich und erklang wie die Stimmen sich streitender Geister aus dem Jenseits. Ein grauer Lieferwagen fuhr hinter das zehnstöckige Appartementhaus und hielt hinter einem Haufen umgestoßener Mülltonnen, deren Inhalt sich über die halbe Gasse verstreute. Sein Fahrer schob das Kappe tiefer ins Gesicht und sprang mit zwei Essenstüten unter dem Arm zum Lieferanteneingang. Er hatte es eilig, ins Haus zu kommen, und trat dabei in eine Pfütze, die sich in einer Mulde im Straßenbelag gebildet hatte. Seine schönen neuen Turnschuhe wurden total durchnäßt.

»Das mußte ja so kommen. Verdammter Mist!« fluchte er und hob den rechten Fuß wie zur Probe. Dies war sein letzter Auftrag für heute und dann passierte ihm auch noch das. Daran konnte man jetzt auch nichts mehr ändern. Nichts wie hoch und das Essen abgegeben. Vielleicht war der Kunde nicht so ein Knauser wie die meisten anderen. Ja, gewiß. Ein großzügiges Trinkgeld konnte für manches Mißgeschick entschädigen, auch für nasse Füße. Schließlich lebte er davon. Er sah noch einmal auf den zerknüllten Zettel, den er aus der Hosentasche seiner Jeans zog.

Er fror an den Füßen, und mit einem Male hatte er es besonders eilig. Der Fahrstuhl stand bereits offen, und mit einem Druck auf den richtigen Knopf fuhr er seinem letzten Job entgegen.

»Wofür hast du dich nun entschieden? Für die Berge oder den Stadtbummel?«

»Na, für die Berge natürlich, ist doch klar!« Mit einem süßen Lächeln bestätigte Friederike Friedrichs vorausgeahnte Vermutung, daß Sie sich für das Ungewohnte entschließen würde. Während Vater und Tochter damit beschäftigt waren, ein wenig Ordnung zu schaffen, läutete es.

»Das wird sicher das Essen sein, das ich bestellt habe.« Er nahm einen Fünfzigeuroschein aus seiner Geldbörse und hastete eilig zur Tür.

»Zweimal Sandwiches und zweimal heiße Milch, macht neun fünfundneunzig.«

»Hier sind fünfzig. Der Rest ist für Sie.«

»Besten Dank.« Die Mundwinkel des Boten hoben sich zu einem Lächeln, aber ob es dessen Augen erreichte, konnte Friedrich nicht sehen. Der Schirm der Kappe verdeckte sie fast ganz.

»Wenn Sie wieder bei uns bestellen, dann bin ich Ihr Mann.« Mit einer lockeren Handbewegung zum Schirm verabschiedete sich der Mann und ging.

Becker erwiderte den Gruß nur flüchtig. Er hatte Hunger und nicht die geringste Lust, etwas zu sagen. Die Tür fiel geräuschvoll ins Schloß.

»Mmh , Käsesandwich.« Noch bevor er sich auf die Couch gesetzt hatte, kaute er genüßlich sein Essen.

»Kornm Friederike. Hier ist auch eins für dich.«

»Ich hab' doch gesagt, daß ich nichts will.«

»Aber deine Milch trinkst du.« Er hielt ihr den Becher mit der heißen Flüssigkeit so lange hin, bis sie ihn endlich nahm und vorsichtig daran nippte. Dabei verzog sie widerwillig das Gesicht.

»Die schmeckt ja überhaupt nicht.« Friedrich kostete auch davon und behielt einen bitteren Nachgeschmack im Mund zurück.

»Pfui Teufel! Bloß weg mit dem Zeug!«

»Die kriegen von mir noch zu hören. So eine Unverschämtheit. Und dabei war ich immer zufrieden mit dem Service.«

Er schmeckte noch immer das bittere Etwas in seiner Mundhöhle. Die Milch war keinesfalls verdorben, das würde ganz anders riechen.

Konnte das denn sein? Mit einem Male ahnte er etwas, was er sich in seinen schrecklichsten Alpträumen nicht hätte vorstellen können.

Wollte ihn jemand töten? Aber warum? Gut, bei manchen seiner Geschäfte hatte er den Mitkonkurrenten ziemlich übel mitgespielt.

Die könnten einen Killer auf ihn angesetzt haben. Ach was! Ein verhindertes Geschäft war kein Grund, jemanden dafür umbringen zu lassen. Jedenfalls würde er es keinesfalls tun.

»Papa, du wirkst so abwesend. Ist alles in Ordnung?«

»Oh ja, es ist alles gut.« Nein, ist es nicht. Nicht, solange nicht geklärt ist, ob das hier fahrlässig verschuldet worden ist oder ob einer vorsätzlich seine Hände hier im Spiel gehabt hatte.

»Willst du noch die Sandwiches essen? Wenn nicht, dann räum ich sie weg.« Friederike stand schon vorher auf und machte Anstalten, die Tüte mitsamt dem Inhalt in den Müllzerkleinerer in der Küche zu werfen.

»Laß nur, Friederike. Ich möchte gerne wissen, was die für Augen machen werden, wenn ich denen das zurückbringe.« Ihm ging noch etwas durch den Kopf. Irgendwas an dem jungen Mann, der ihnen das Essen gebracht hatte, paßte nicht zu ihm. Was war das nur?

»Schatz, hast du den Typen gesehen, der vorhin hier war? Ist dir vielleicht irgend etwas aufgefallen?« Das Mädchen überlegte nur kurz. Sie hatte ein ausgezeichnetes Gedächtnis, und wenn jemandem was Anormales aufgefallen wäre, dann ihr.

»Sein Gesicht konnte ich nicht sehen. Aber dafür seine Füße. Papa, ich dachte immer, junge Leute tragen stets zu Jeansklamotten lockeres Schuhwerk. Aber der ... «, Friederike wunderte sich nicht wenig darüber », der trug die saubersten und vielleicht sogar teuersten Halbschuhe, die ich je gesehen habe.«

»Genau, das war es!« rief Friedrich lauter aus, als es eigentlich gedacht war.

»Hat das irgend etwas mit dem bitteren Geschmack der Milch zu tun?« Friederike Luise konnte man einfach nichts so leicht vormachen. Ihre Auffassungsgabe und ihr Kombinationsvermögen verblüfften selbst ihren stolzen Vater, der sie sowieso für das klügste Kind auf der ganzen Welt hielt. Welch ein Glück, daß sie beide nur an den Getränken genippt und die Milch in ihrem Mund sofort ausgespuckt hatten.

»Mach dir darüber keine Gedanken, Liebling! Ich regle das schon. Die Milch war nur verdorben, das ist alles.« Das war ganz bestimmt nicht alles. Er log, und das war schon ärgerlich genug. Doch genau zu wissen, daß sie zwei Opfer eines Mordanschlags wurden, war zuviel. Das konnte einem schon mehr als die Zornesröte ins Gesicht steigen lassen. Mit welchem Recht wollte jemand das Leben zweier Menschen auslöschen? Was konnte man tun? Zur Polizei gehen und die Lebensmittel untersuchen lassen? Wohl kaum. Wenn die irgendwelche Spuren eines Giftes finden würden, hieß das noch lange nicht, daß sie auch nach dem Täter oder den Tätern suchen würden. Geschweige denn, daß sie ihn fänden. Alles höchst unwahrscheinlich. Die einzige Möglichkeit bestand darin, selbst etwas in dieser Sache zu unternehmen. Irgend jemand wollte seinem Kind und ihm etwas antun, und das wollte er auf keinen Fall zulassen. Wenn seinem Mädchen was Schlimmes passieren würde, brächte es ihn um, und wenn ihm etwas zustieß, würde er selbst im Jenseits nicht die ewige Ruhe finden. Der Gedanke daran, daß er nicht wußte, wer sich weiter um Friederike kümmerte, war schier unerträglich. Er sah auf die Uhr. Achtzehn vierundzwanzig. Heute würde nicht mehr allzuviel gehen. Friedrich nahm sich vor, morgen gleich als erstes den Geschäftsführer des Restaurants zur Rede zu stellen und die Sache endgültig zu klären. Vielleicht war es nur was ganz Harmloses. Die nächsten Tage würden sie sowieso in den Bergen verbringen.

»So, Schätzchen, ab in die Badewanne und dann ins Bett!«

»Was, jetzt schon? Es ist doch erst halb sieben ». maulte Friederike, unzufrieden über diese Entscheidung.

»Ja, jetzt. Wir müssen morgen ganz früh aufstehen, sonst verpassen wir womöglich noch das Flugzeug. Also gibt's noch Fragen?«

»Nein.« Friederike verschwand schnell ins Bad, während Friedrich sich den Telefonhörer schnappte und zwei Flugtickets reservieren ließ. Die Sachen konnten sie auch morgen noch packen. .

Ein Mann Mitte vierzig beobachtete das Appartementhaus. Er hatte sich auf dem Dach des kleineren, direkt gegenüber liegenden Wohnhauses auf die Lauer gelegt und mit sicherem Blick durchs Fernglas das zu observierende Subjekt ins Visier genommen. Es war ein kühler Morgen, der sich nach den gestrigen Regenfällen eher ruhig ausnahm. Die Sonne versteckte sich noch hinter dem Horizont und würde höchstwahrscheinlich im Laufe des Tages die noch immer zugezogene Wolkendecke durchbrechen. Dem in einen dicken Lodenmantel eingehüllten Mann konnte das ziemlich egal sein. Er mußte feststellen, ob die Dosis, die er diesem Becker und seiner Tochter verabreicht hatte, auch ausreichte. Eigentlich wollte er diesen Auftrag ablehnen. Menschen einfach so hinterrücks zur Strecke zu bringen, das stellte ihn vor nicht allzu große Probleme, daran hatte er sich in der Zwischenzeit ja gewöhnt. Doch einem Kind dergleichen anzutun, das war selbst einem scheinbar skrupellosen Verbrecher, wie Baumann einer war, zuviel. Doch man sollte auch die Überredungskünste eines Hommer nicht unterschätzen. Widersetzte man sich seinen Anordnungen, endete man womöglich im Fundament eines dieser riesigen Lagerhallen. Kind hin,

Kind her, wenn er diese Sache hinter sich gebracht hatte, dann stieg er aus, das hatte er sich geschworen. Die Rücklagen dürften einige Zeit reichen, und vielleicht investierte er auch noch ein bißchen. Ja, er würde dann sein Geld für sich arbeiten lassen. Keine schlechte Idee, fand Baumann und grinste sichtlich zufrieden mit sich selbst. Eine Sturmböe fegte über seinen Kopf hinweg, brachte seine Frisur durcheinander, auf die er eigentlich immer recht stolz war und der er eine besondere Pflege zugedachte.

"Scheiße!« Er versuchte noch eine Weile Ordnung in sein Haar zu kriegen, gab es aber schließlich resignierend auf, weil der Wind immer wieder seine eigenen Pläne hatte.

"Scheint so, als ob es gleich auf Anhieb geklappt hätte.« Baumann verpackte sein Fernglas und wollte sich nach dieser langen Nacht endlich auf den Weg nach Hause ins Bett machen, da kamen auch schon Friedrich und Friederike Luise Becker aus dem gegenüberliegenden Haus spaziert. Zu seiner eigenen Verwunderung mußte er feststellen, daß beide putzmunter wirkten und auch noch bei allerbester Laune waren. Statt sich zu ärgern, spürte er eher eine gewisse Erleichterung. Das Kind lebte noch, und das war gut so. Gott hatte entschieden, daß sie weiterleben sollte, und damit war die Sache für ihn erledigt. Es erstaunte ihn immer wieder, wie er auf Fehlschläge reagierte. Die Tatsache, daß er ein zwölf jähriges Mädchen aus dem Weg räumen sollte, schmeckte ihm von Anfang an nicht. Er versuchte es aber trotzdem. Es mißlang. Damit war der Job selbst für ihn gestorben. Es fing wieder an zu regnen, als der Mann vom Dach verschwand. Die zahreichen Leute auf Fußgängerweg entspannten wie auf Befehl ihre Regenschirme auf und liefen allesamt schneller, um nicht allzu naß nach Hause zu kommen. Nur ein riesiger Kerl stand bewegungslos auf der anderen Straßenseite. Der starke Wind zog an seinem schwarzen Regenmantel, als wolle er ihn ausziehen. Doch es schien dem Mann nicht viel auszumachen. Er stand nur da und beobachtete ein bestimmtes Haus. Seine Mimik änderte sich kaum. Nur ein leichtes Nicken ließ erkennen, daß sich seine Ahnung bestätigte. Er drehte sich um und verschwand so schnell, wie kurz zuvor Baumann.

"Ja, Silbermann hier. Er hat es nicht getan.« Der große Mann mit dem Oberlippenbart knöpfte, während er mit der rechten Hand den Telefonhörer hielt, mit der anderen seinen durchnäßten Mantel auf. Am anderen Ende der Leitung schien Hommer eine Weile zu überlegen, denn er meldete sich einige Sekunden nicht.

»Vielleicht ist der erste Versuch fehlgeschlagen?«

»Kann sein. Wenn Sie mich die Sache zu Ende führen lassen, können Sie sicher sein, daß alles zu ihrer Zufriedenheit erledigt wird.«

»Nein, Silbermann. Vielleicht ist es besser so. Das wäre ein ungünstig gewählter Augenblick. Am besten wir warten noch einige Wochen.«

»Wie Sie wünschen. Soll ich an Baumann dranbleiben?«

„Ja, und bringen Sie ihn umgehend zu mir. Ich muß mit ihm sprechen.«

»Geht klar.« Das Gesicht des sonst finster dreinblickenden Bernard Silbermann erhellte sich etwas. Er schlug den Kragen des Mantels ein wenig höher und machte sich auf den Weg, diesem idiotischen Baumann einen Besuch abzustatten. Vielleicht würde er ihm kurzerhand die Fresse polieren, nur so zum Spaß. Diese primitive Freude, anderen Menschen ohne Grund weh zu tun, bedeutete ihm viel. Es gab nur wenige Leute denen ihre Arbeit Spaß bereitete und Silbermann war zweifelsohne einer von den Glücklichen. Die Leute drehten sich nicht um. Es kümmerte sie wenig, was andere taten oder nicht taten. Sie wollten nur rein ins Trockene. Einfach nur raus aus den nassen Sachen und rein in die gut beheizten Räume ihrer Wohnungen.

Die Beckers verlebten wunderschöne Tage in den Bergen. Sie wohnten in einer Skihütte, die Friedrich von einem Geschäftspartner zur Verfügung gestellt worden war. Nun, Skihütte wäre etwas untertrieben zu sagen, eher einer Luxusvilla gleichend, erhob sie sich vor den verschneiten Pisten in der Nähe von Garmisch. Es schneite schon seit einigen Tagen, und die Temperatur von minus sechzehn Grad war auch schon fast ideal zu nennen. Gleich am ersten Tag probten sie sich im Skifahren, das eher einer mittleren Katastrophe als einer gesunden Freizeitgestaltung glich. Aber das wichtigste von allem war, daß sie Spaß hatten. Und das hatten sie. Die beiden bauten Schneemänner, die immer größer wurden und eine ganze Schutzmannschaft um die Hütte bildeten. Friedrich hatte das kühle Gefühl beim Eingeseiftwerden ganz vergessen. Friederike sorgte schon dafür, daß es nicht ganz aus seiner

Erinnerung gelöscht werden würde. Eine Schneeballschlacht jagte die nächste, und wenn es dann draußen dunkel wurde, machten sie es sich vor einem wärmenden Kaminfeuer gemütlich. Sie saßen manchmal stundenlang in die alten Ohrensessel versunken, ließen den Tag Revue passieren und erzählten sich dann die haarsträubendsten Geschichten. Von Sandstürmen, die Menschen verschlangen und sie nicht mehr hergaben, bis hin zu den Zyklopen, der in jedem Menschen steckte, man mußte nur wissen, wie man ihn erkennt. Sie gingen stets glücklich zu Bett. Vergessen waren die schweren Zeiten, an denen Becker unter einer üblen Alkoholsucht litt. Vergessen auch die Tage, an denen er bis in den späten Abend hinein im Büro arbeitete. Er hatte gelernt, sich die Arbeit ordentlich einzuteilen. Morgens Friederike Luise zur Schule fahren, anschließend ins Büro, die wichtigsten Arbeiten selbst erledigen und den Rest seinem Geschäftsführer überlassen. Das alles schaffte er locker bis Unterrichtsschluß. Er holte dann seine Tochter ab. Sie aßen in irgendeinem ordentlichen Restaurant zu Mittag. Die beiden konnten zwar kochen, aber das war nur an den Wochenenden möglich, wenn sie sich genügend Zeit dafür nehmen konnten. Ansonsten klappte alles wunderbar. Trotzdem war Friedrich manchmal ein wenig traurig zumute. Die ganzen Jahre, die er sich zu wenig um Friederike gekümmert hatte, waren verloren, und er wollte jetzt dafür jede Minute mit ihr in vollen Zügen genießen.

»Papa?« Der schwache Lichtschein des Feuers im Kamin erhellte nur wenig den Raum, und in Friederikes Augen spiegelte er sich triumphierend wider.

».Ja?« Becker schlug die Beine übereinander und legte sie auf einen kleinen Hocker, den er sich extra dafür herangeschoben hatte.

»Was ist eigentlich das Paradies?«

»Das Paradies? Wie kommst du denn jetzt darauf?« So überrascht, wie es sich anhörte, war Friedrich nun wirklich nicht. Seine Tochter stellte ihm immer wieder Fragen zu Begriffen, die sie nicht kannte oder die sie nur teilweise verstand. Er mußte dann manchmal zu seiner Schande feststellen, daß er die Wörter nur zum Teil erklären konnte.

»Eva hat heute Mittag angerufen. Ihre Mutter ist vor drei Tagen gestorben, und sie hat gesagt, daß sie jetzt bestimmt im Paradies ist. Ich weiß, daß dort alle Menschen hinkommen, die gestorben sind. Nur, ich habe keine Ahnung, wie es dort Ist.«

»Oh, das tut mir leid, das mit der Frau. Ich habe sie zwar nur flüchtig gekannt, aber es ist immer schlimm, wenn ein Mensch sterben muß .« Becker senkte seinen Blick.

»Wie ist es dort, Papa?« Friederike blieb hartnäckig.

»Woher soll ich das wissen, ich war noch nicht tot.« Friedrich kniff wie zum Scherz sein linkes Auge zu.

»Du sollst dich nicht über mich lustig machen, das kann ich nicht leiden.« Sie verzog leicht ärgerlich das Gesicht. Daß man mit so etwas nicht seine Späße treibt, das war Becker schon klar.

»Entschuldigung Kleines, und jetzt lach mal wieder!«
Er kniff ihr sanft in die Wange, was seine Wirkung
auch nicht verfehlte.

»Ins Paradies kommen nicht alle Menschen. Du kennst
doch unseren ehemaligen Nachbarn, Herr Bertram,
noch?«

Friederike überlegte kurz und nickte.

»Der Mann, der `kleine Hexe` zu mir gesagt hat.«

»Ja, dieser Kerl, der ist bestimmt nicht ins Paradies
gekommen.«

»Warum das nicht?«

»Weil er ein böser Mensch war, und schlechte
Menschen kommen ins Winterland.«

»Ins Winterland?« Die Neugierde des Mädchens wurde
stets aufs neue geweckt. Sie rückte näher an ihren Vater
heran.

»Das ist genau das Gegenteil vom Paradies. Hier
landen die Leute, die in ihrem Erdenleben nur
Schlechtes gedacht und getan haben. Dort haben sie die
Möglichkeit, über ihr ganzes Tun nachzudenken. Aber
eben nicht bei schönem Wetter, wie im Paradies,
sondern bei kaltem, nebligem Winterwetter. Das ist die
Strafe Gottes für die vielen Verfehlungen, die sie sich
auf der Erde geleistet haben.«

»Deswegen Winterland.« Friederike wurde ein wenig
bange. Sie hatte schon viele Sünden begangen, die sie
in unangenehme Situationen bringen könnten.

»Ja, genau. Du brauchst allerdings keine Angst zu
haben.« Becker sah sehr wohl, daß seine Tochter sich
Sorgen machte.

»Du bist ein liebes Mädchen. Das einzig Schlimme, was du dir bisher geleistet hast war«, Friedrich mußte genau überlegen, um überhaupt irgendwas zu finden, »das du zwei-, dreimal ungezogen gewesen warst. Aber dafür hast du deine Strafe schon bekommen, denn Gott bestraft die kleinen Sünden sofort.«

»Bist du dir da ganz sicher?« In ihren Augen glimmte ein leichter Hoffnungsschimmer.

»So sicher, wie man nur sein kann. Gott hat es nämlich so eingerichtet, daß die guten Menschen weiterhin was Gutes tun können. Als seine Engel. Sie verbreiten überall, wo sie hindurch dringen Warmherzigkeit und geleiten die Toten den Korridor entlang durch das Himmelstor ins Paradies.«

»Das ist schön. Ich möchte auch ein Engel werden.«

Die Freude kehrte in ihr leuchtendes Gesicht zurück. Das, was ihr Vater dort erzählte, machte ihr Mut, und auch die Angst, die sie bis jetzt vor dem Tod hatte, wich ein wenig von ihr.

»Bleib einfach, wie du bist. Bewahr dir einen Teil deiner Unschuld, und sieh nur das Beste in jedem Menschen. Für mich bist du schon der kleine Engel, der mich durch das Leben geleitet hat, du bist die einzige, was ich je geliebt habe und je lieben werde.« Friedrich fühlte sich gut, so außerordentlich gut, daß er am liebsten gleich noch einen Spaziergang gemacht hätte. Warum aber eigentlich nicht? Es war erst kurz nach halb elf, und der Vollmond erleuchtete vom sternenklaren Himmel aus die schneebedeckten Gipfel unter sich. Außerdem hatte einem zuviel frische Luft noch nie geschadet.

»Was hältst du davon, wenn wir noch einen kleinen Spaziergang unternehmen?«

»Ja, prima.« Friederike sprang behende von ihrem Platz auf. Das sah Friedrich mit leichter Genugtuung. Die Urlaubstage taten ihr wirklich gut. Vergessen schien die bedrückte Stimmung, die ihr noch von den vergangenen Ereignissen bis jetzt geblieben war. Es war ihm gelungen, sie etwas aufzumuntern. Das sollte aber nicht heißen, daß Friederike ständig ihre Launen hatte. Das Mädchen war ziemlich ausgeglichen und auch sehr zugänglich für alles Schöne, trotzdem spürte Becker, wie sie sich manchmal in sich verkroch. Die paranormale Gabe, die seine Tochter hatte verwirrte sie. Auch er selbst verstand nicht viel davon. Vielleicht hatte er auch ein wenig Angst davor. Aber er gab dem Kind all die Liebe, die es brauchte, um halbwegs normal aufzuwachsen und als ihre Klassenkameraden bemerkten, welche Fähigkeiten ihre Mitschülerin hatte, verging später kein Tag, an dem sie nicht von ihnen gehänselt wurde. Kinder konnten ja so gemein sein. Friedrich wußte, daß er dagegen nicht viel unternehmen konnte. Ein Besuch bei der Schulleitung würde mehr Schaden anrichten, als daß es helfen würde. Er nahm sie schließlich von der Schule und engagierte zwei Privatlehrerinnen, die abwechselnd das Kind unterrichten sollten. Mit größerem Erfolg, als er sich erhofft hatte. Friederike war jetzt zwölf Jahre alt, also genau das Alter für die sechste Klasse. Doch sie war schon viel weiter als gleichaltrige Kinder. Sie hatte das Wissen von Zehntklässlern. Wenn diese Entwicklung nicht rasant zu nennen war. Wie sollte man das sonst nennen? Wie alle halbwegs guten Sachen hatte auch diese Methode ihre Nachteile. Das Mädchen hatte wenig Kontakt zu Gleichaltrigen. Auch wenn es unter ihnen kleine Monster gab, so mußte man doch sehen, daß sie sich mit ihnen unterhalten, spielen und anfreunden konnte. Friedrich versuchte sein möglichstes, aber Friederike Luise verschloß sich. Sie blockte jeden Menschen, außer ihm selbst, vollkommen ab. Die Kleine wirkte dabei stets freundlich, doch ihre Augen waren blanke Eiszapfen. Friedrich kannte ihre Warmherzigkeit, die sie ansonsten versprühte, und ihr freundliches Wesen und ihre tiefblauen Augen, in denen all ihre Güte zum Vorschein kam. Doch bei der Anwesenheit einer anderen Person wurde ihr Blick dermaßen kühl, daß selbst Becker, wenn er ihm begegnete, nicht nur ein schlechtes Gefühl dabei hatte, sondern regelrecht Angst bekam.

»Halt, junge Dame! Nur nicht so stürmisch! Wenn du dich nicht richtig anziehst, landest du bald mit einer Lungenentzündung im Bett, und das will ich nicht und du sicher auch nicht.« Er knöpfte ihre dicke Jacke bis oben hin zu und wickelte den Schal etwas dichter zusammen.

»So, jetzt können wir.«

»Danke, Papa.« Wenige Augenblicke später war der kleine Wirbelwind außer Haus und hatte sich mit Schneebällen bewaffnet. Noch ehe Friedrich die Tür schließen konnte, explodierte eines dieser kalten Geschosse direkt in seinem Gesicht. »Und Tschüs«, war nur Friederikes Antwort auf die überraschten Blicke ihres Vaters.

193

»Na, warte!« In den folgenden fünfzehn Minuten entlud sich zwischen beiden eine spektakuläre Schneeballschlacht, die alles bisher Dagewesene in den Schatten stellte. Die Sachen waren von unten bis oben mit Schnee bedeckt, und es dauerte anschließend eine ganze Weile, sie ordentlich zu säubern.

»Wo gehen wir überhaupt hin?« Sie kamen auf eine geräumte Straße, die zu den angrenzenden Bergen führte.

»Na ja. Bis zu dem Bärenkopf.« Der Bärenkopf verdankte seinen Namen dem ungewöhnlichen Aussehen. Wind und Wetter hatten in Tausenden von Jahren den Fels dermaßen verformt, daß zwischen ihm und dem Haupt des Tieres kaum ein Unterschied festzustellen war.

Man muß dazu sagen, daß er noch nie persönlich dort gewesen ist. Obwohl sie zwei Tage hier waren, kannte er ihn nur als Ansicht von Bildern, die man ihm gezeigt atte. Nur eine unter vielen Sehenswürdigkeiten, die diese Gegend hier zu bieten hatte.

"Hört sich gruselig an. Ich hoffe, daß es nicht so weit ist. Auf Schnee und Eis zu laufen, ist ziemlich anstrengend. Aber das macht Spaß, Papa. Ich hätte nie im Leben daran gedacht, daß es so schön sein kann, im Schnee herumzutollen, und soll ich dir noch etwas sagen? Du siehst irgendwie komisch aus mit dem Eis auf deiner Nase." Kaum hatte sie das ausgesprochen, flog schon der nächste Schneeball Becker entgegen.

Der festgefahrene Schnee knirschte nur leicht unter ihren Fußsohlen. Sie genossen die frische winterliche Abendluft. Atmeten sie tief ein. Friederike atmete immer wieder kräftig aus und versuchte, den sich in einen nebligen Hauch verwandelnden Atem in einer Vielzahl verschiedener Figuren zu verwandeln.

Eine Eule flatterte über ihre Köpfe hinweg und verschwand wieder in dem angrenzenden Wald. Friederike schrie, halb ängstlich, halb von diesem Tier fasziniert, auf. Auch Friedrich zuckte erschrocken zusammen.

»Noch einmal so'n Ding, und ich krieg' jetzt schon weiße Haare." Er pustete erleichtert aus. Aus dem dicht bewachsenen Wald knackte es.

Von der Schneelast niedergedrückte Äste brachen.

Wenn Friederike Luise bis jetzt noch hin und wieder vor Vergnügen jubelte, so war nun kein Ton mehr von ihr zu hören. Als dann dicht neben ihr die Schneemassen auf einem riesigen Nadelbaum herabfielen, schrie sie entsetzt auf und faßte nach der Hand ihres Vaters.

Sie drückte sie fest, sagte aber kein Wort. »Siehst du das dort?«

»Wo?"

»Na, da vorne!"

Vor ihnen, vielleicht vierzig oder gar fünfzig Meter von ihrem Standpunkt entfernt, ragte der gewaltige Felsen in Form eines Bärenkopfes über die Wipfel der Bäume. Seine Silhouette zeichnete sich schwarz an dem durch den Mond und den Schnee hell erleuchteten Nachthimmel ab.

»Ja, jetzt sehe ich es auch." Ihr war der Respekt aus der Stimme herauszuhören, den sie bei diesem Anblick gewonnen hatte. Sein Gipfel war von Schnee bedeckt.

Der Wind pfiff heftig. Unzählige Eispartikel wirbelten um sie herum als sie auf einem Plateau stehenblieben. Ein flaches Stück Land, auf das sich eine meterdicke weiße Decke gelegt hatte.

»Ist es nicht schön?« Friederike sah mit verträumten Augen in die prachtvolle Winterlandschaft. Diese hatte ihre eigenen Reize.

Obwohl das Mädchen und ihr Vater fröstelten, taten sie doch keinen Schritt. Sie blieben wie angewurzelt stehen, betrachteten den Felsen vor ihnen, lachten leise darüber und machten in Gedanken schon Pläne für einen Tagesausflug hierher.

»Ja. wunderschön. Das letzte Mal habe ich so etwas ... «

Friedrich mußte schon äußerst weit in seinen Erinnerungen kramen um überhaupt einen ähnlichen Eindruck einer Winterlandschaft hervorzurufen.

»Jedenfalls war ich damals noch ein Kind. Seitdem habe ich tatsächlich keinen echten Schnee mehr gesehen. Ist es schon so lange her?« .

»FRIEDRICH?«

»Ja?«

»Was ist? Ich habe nichts gesagt.« Friederike sah nur kurz zu ihm hinauf und richtete gleich wieder ihre Aufmerksamkeit dem Bärenkopf zu, der sie irgendwie faszinierte. Verwundert blickte Becker drein. Daß seine eigene

Tochter ihn nicht Friedrich nannte, das war ihm schon klar. Doch außer ihr und ihm war niemand hier und wenn, dann würde dieser Jemand wohl schlecht seinen Vornamen kennen.

»NEIN, ES IST NICHT FRIEDERIKE. ICH SPRECHE NUR ZU DIR. SIE KANN MICH NICHT HÖREN UND AUCH NICHT SEHEN.« Die Stimme war klar und deutlich zu vernehmen. Der kalte Nachtwind behinderte sie kaum.

»Ich spreche zu dir? Keine Ahnung, wer du bist, und nicht nur Friederike kann dich nicht sehen. Ich kann es auch nicht.« Er strengte sich an, konnte aber beim besten Willen nichts erkennen.

»DAS IST AUCH NICHT NOTWENDIG. WICHTIG IST NUR. DASS DU GUT AUF DEINE TOCHTER AUFPASST. SIE SCHWEBT IN GROSSER GEFAHR. JEMAND WILL SIE TÖTEN. ALSO SIE DICH VOR. WENN DU WIEDER ZU HAUSE BIST.«

Eine Windböe fegte an seinem Kopf vorbei, strich durch seine kurzen Haare. Verwirrt starrte er auf die Lichtkugel, die im hohen Bogen über dem Bärenkopf außer Sichtweite flog.

»Papa! Papa! Eine Sternschnuppe!« Aufgeregt sprang das Mädchen herum und machte die Augen zu, um sich etwas zu wünschen.

»Bist du fertig?« Friedrich lächelte. Doch das war nur äußerlich. Im Innern machte er sich Sorgen.

»Wir gehen am besten zur Hütte zurück. Es wird langsam kalt.«

»Na gut.« Sie strahlte übers ganze Gesicht, und das war wohl das einzige, was er sich wirklich wünschte.

Friederike ging, nachdem sie ein heißes Bad genommen hatte, äußerst wohltuend nach der Kälte da draußen, erschöpft ins Bett. Sie war glücklich, aber müde.

Nur wenige Augenblicke, nachdem ihr Vater ihr einen Kuß auf die Stirn gedrückt hatte, schlief sie bereits fest. Auch bei Friedrich legten sich schon die ersten Schleier über die Augen. Doch die Warnung der merkwürdigen Lichterscheinung ging ihm nicht aus dem Sinn. Er hatte Angst. Angst um sein Kind. Sie hatten ein neues Leben begonnen und waren glücklich dabei. Kein Alkohol. Keine Zigaretten. Mehr Zeit füreinander. Freude, Lachen Zufriedenheit. Diese Dinge waren schon zur Normalität geworden. Doch es war immer wieder aufs neue schön, und jetzt wollte jemand alles zerstören? Wollte Gott sie für irgend etwas bestrafen? Dem Mann ließ das keine Ruhe. Er lief auf und ab. Er legte noch ein paar Scheite nach und warf sich mit in Falten gelegter Stirn und den Blick ständig auf das wieder auflodernde Kaminfeuer gerichtet in den Ohrensessel, der nur zwei Meter davon entfernt stand.

Die Flammen fraßen sich knisternd durch das trockene Holz. Es hätte eine eigenartige Monotonie herrschen können, aber der Wind draußen nahm stetig zu, rüttelte an den Fenstern und bewarf die Scheiben mit mitgerissenen Eiskristallen.

Er lehnte sich zurück und überlegte. Dieses Gesicht hatte er irgendwo schon einmal gesehen. Auch die Stimme kam ihm bekannt vor. Er konnte sich einfach nicht daran erinnern.

Da fiel es ihm wie Schuppen von den Augen. Der Geist, mit dem er gesprochen hatte, die Frau, es war Linda Bertram. Ja, er war sich nun vollkommen sicher. Wie konnte er sie nur vergessen? Linda Bertram war seit fast sieben Jahren tot. Sie war eine äußerst liebenswerte Frau gewesen, und deshalb wunderte sich Friedrich auch, daß sie fast aus seinem Gedächtnis entschwunden war. Die Frau warnte ihn davor, das irgend jemand Friederike umbringen wollte. Sie sagte nicht, warum das so war, sondern nur daß es so war. Ein einleuchtender Grund, ihr nicht zu glauben.

Zugegeben, kein ausreichender. Warum sollten auch Tote lügen? Oder sagen wir lieber himmlische Wesen. Denn im Grunde genommen starben sie ja nicht, sondern sie wechselten nur in eine andere Bewußtseinsform über. Er saß noch stundenlang im bequemen Sessel, die Augen geschlossen und den Kopf auf die linke Hand gelegt. Doch er schlief nicht. Er ging immer und immer wieder die Namen der Leute durch, die er sich im Laufe der Jahre zu Feinden gemacht haben könnte. Aber wie man es auch drehte und wendete, letztendlich kam er zu dem Ergebnis, daß keinem von ihnen ein Mord zuzutrauen wäre und schon gar nicht an einem Kind.

In dieser Nacht schlief Becker erst sehr spät ein. Er starrte immer wieder auf die Digitalanzeige des Radioweckers, der auf dem Nachttisch stand. Als ob ihm das die erhoffte Erholung brächte. Verschwommen sah er die Zahlen auf vier Uhr zwanzig springen. Er döste ein und sank in einen wenig erholsamen, traumlosen Schlaf.

Am nächsten Morgen war alles wieder beim alten. Vergessen waren die Warnungen seiner ehemaligen Nachbarin. Er stempelte alles als Humbug ab, denn am hellen Tage sah vieles einfacher aus. Obwohl er letzte

Nacht gerade mal eine Stunde geschlafen hatte, wirkte er frisch und ausgeruht. Nur seine Augen waren noch ein wenig gerötet. Es war ihr letzter Tag in den Bergen, und es schien ein herrlicher Tag zu werden. Der starke Schneefall, der in der Nacht eingesetzt hatte, setzte sich jetzt noch fort. Friederike kniete auf einem etwas kleineren Sessel, den sie sich ans Fenster geschoben hatte und beobachtete fasziniert den berauschenden Flockenwirbel.

Friedrich lächelte zufrieden. Er sah die unsagbare Freude in ihrem hübschen Kindergesicht und war gleichzeitig traurig darüber, daß sie am Abend wieder abreisen mußten.

Es war schon elf Uhr abends, als das Flugzeug in Hamburg landete. Becker hatte sich entschieden, gleich nach Hause zurückzufliegen. Hamburg war ihm einfach nicht sicher genug. Außerdem gab es nichts Geschäftliches, was man nicht später erledigen konnte.

Friedrich mußte noch einmal ins Büro, um wichtige Unterlagen abzuholen, die er zu Hause noch durcharbeiten wollte. Die Hauptverkehrszeit war schon lange vorbei, deshalb dauerte es bis zu seiner Arbeitsstelle nicht einmal zwanzig Minuten. Auch im Bürogebäude selbst brannten nur wenige Lichter, und der Lift war verwaist.

»Dauert es lange, Papa?« Friederike rieb sich die müden Augen.« Ich will nach Hause.«

»Wir sind gleich wieder weg." Doch die wichtigen Unterlagen, die Wagner rauslegen sollte, waren nicht auffindbar. Obwohl Friedrich alle Fächer seines

Schreibtisches und die seiner Sekretärin durchwühlte, war nichts zu finden.

»Papa!« Friederike quengelte.

Vielleicht waren sie in Wagners Arbeitszimmer? Das würde wohl so sein. Ansonsten würde er ihn noch heute nacht aus dem Bett klingeln und ihm einen Vortrag halten.

»Ich muß noch einmal hoch. Setz dich bitte ins Wartezimmer und warte dort auf mich.«

»Ich will aber nach Hause fahren.« Man hörte in Friederikes Stimme, daß sie langsam böse wurde.

»Ich auch. Also setz dich ins Vorzimmer!«

»Na gut.« Friederike wollte zwar noch protestieren, ließ es aber bleiben, da sie sowieso viel zu müde dazu war.

Sie ließ sich auf eine der vielen Sitzmöglichkeiten im Vorraum fallen, und ihr Vater verschwand durch die geöffnete Eingangstür. Sie saß nur da und starrte auf die ihr gegenüberliegende Wand. Weiß war schließlich eine aufregende Farbe. Das Mädchen saß schon eine ganze Weile so da, jedenfalls kam es ihr lange vor, da klirrte etwas von irgendwoher.

»Papa?« Zuerst sprang sie freudig auf, doch als sie in den Flur trat, war dort niemand zu sehen. Enttäuscht wandte sie sich nach allen Seiten. Das große Fenster, das sich am anderen Ende des Flurs befand, war zerbrochen. In ihren Gedanken tauchte plötzlich ein fremder Mann auf, groß, mit schwarzem Mantel und einem größeren dunklen Hut.

»Komm zu mir!« flüsterte dieser. Schritte hallten beängstigend durch den Flur.

»Bist du es, Papa?« Sie wußte es jedoch besser. Es war ein fremder Mann, und sie ahnte nichts Gutes. Das Mädchen lief in die entgegengesetzte Richtung, wollte sich in irgendeinem Raum verkriechen und verstecken. Doch alle Türen, deren Knäufe sie drehte, waren verschlossen. Friederike wollte zurück ins Büro ihres Vaters, doch auch die Tür war jetzt verschlossen. Wieso waren alle Türen verschlossen?

Sie war müde, so unsagbar müde, daß sie sich am liebsten gleich auf der Stelle auf den Fußboden gelegt hätte. Das Mädchen hatte Angst und rief nach ihrem Vater, doch niemand antwortete. Sie versuchte die Furcht zu verdrängen, aber es gab kein Entrinnen, auch nicht am sichersten Ort.

»Bist du es?« Ihre Stimme bebte angstvoll. Friederike schaute zu den zerborstenen Fenstern, durch die pfeifender Wind die winterliche Kälte des Abends hereinschob. Diese abendliche Kühle vermischte sich mit den Schweißperlen auf ihrer Stirn, verursachte ein ungutes Gefühl, und sie mußte zittern. Sie wehrte sich dagegen, aber sie tat es trotzdem. Die Geräusche verfolgten sie noch immer. Hallten im Echo, immer und immer wieder. Wieso war jetzt ihr Vater nicht bei ihr. Er war immer da, wenn sie sich nicht wohl fühlte, wenigstens in den letzten Jahren. Papa paßte auf sie auf, verscheuchte die bösen Erscheinungen und Gedanken. Er bewahrte sie vor Unheil, das sich in jeder Ecke dieser Welt festsetzte. Es versuchte, sie zu verletzen, zu töten. Doch sie wollte nicht sterben, hatte furchtbare Angst davor. Auch wenn sie davon ausging, daß es im Paradies ihr um vieles besser gehen würde als hier auf der Erde. Das Poltern in den Fluren nahm zu, fegte blitzschnell durch die Gänge und sparte nicht mit den merkwürdigsten Tönen.

»Papa?« Friederikes Mund verzog sich nur kurz zu einem Lächeln, um dann wieder schmollend zurückzuweichen.

Sie roch förmlich die Anwesenheit eines anderen Menschen. Aber es war nicht derjenige, der es sein sollte. Sie kannte das Rasierwasser ihres Vaters, sie mußte es ja kennen, da sie es ja selbst für ihn ausgesucht hatte, doch dieses hier mochte sie nicht. Es kroch ihr unangenehm in die Nase. Sie schrie laut auf als eine Tür krachend ins Schloß fiel.

»Wer ist da? Hören Sie bitte damit auf. Sie machen mir angst!" Das Mädchen schluckte einen dicken Kloß hinunter, der sich in ihrem Hals festgesetzt hatte. Sie rannte zur Tür des Treppenaufganges. Doch die war verschlossen. Wieso war sie verschlossen? Das Mädchen stieß frustriert mit dem Fuß dagegen und lief durch den Flur zurück zu den Aufzügen. Sie drückte auf den Knopf,

doch auch der schien nicht zu funktionieren. Schritte hallten an den kahlen Wänden zurück, flogen von Tür zu Tür. Friederike war schon oft genug mit ihrem Vater in dessen Bürohaus gewesen, doch niemals schien es so unbelebt wie an diesem Abend. Sie drückte noch ein zweites und ein drittes Mal auf den Knopf.

»Geh doch endlich aufl« Das Mädchen achtete nicht auf die leuchtenden Zahlen, die anzeigten, auf welcher Etage sich der Lift gerade befand. Die Anzeige pendelte sich zwischen dem elften, auf dem sie sich gerade befand und dem zwölften Stockwerk ein. Die Schritte des Fremden verstummten. Sie konnte ihn atmen hören. Verzweifelt drehte das Mädchen ab. Sie wollte zum Treppenaufgang zurücklaufen und ihr Glück da noch einmal versuchen. Doch plötzlich öffnete sich die Tür zum Lift. Erleichtert trat sie einen Schritt vorwärts. Zu spät bemerkte sie, daß sie keinen Boden unter die Füße bekam. Wie von einer schwarzen Hand gezogen, fiel sie in die Tiefe. Ihr herzergreifender Schrei zerriß die Stille des dunklen Fahrstuhlschachtes.

Becker las noch in einigen Unterlagen, als er sein Büro verließ. Plötzlich, aufgeschreckt vom lauten Kreischen seiner Tochter, warf er die Papiere beiseite und rannte durch das Treppenhaus eine Etage höher. Er lief über die Scherben des zerschlagenen Fensters, faßte an den Knauf jeder Tür, doch sie waren verschlossen.
»Friederike! Friederike, wo bist du?« Doch er bekam keine Antwort. Er rannte zur Fahrstuhltür, die er offen vorfand. »Um Gottes Willen! Friederike, ist dir was passiert?« Immer noch Stille. Friedrich sah den dunklen Schlund hinunter, konnte jedoch nichts erkennen.
»Friederike?« Aufgeregt versuchte Friedrich etwas in der Dunkelheit zu erkennen.
Die Augen gewöhnten sich nur langsam an die dortigen Lichtverhältnisse.
»Papa, hilf mir!« Erst jetzt bemerkte er eine kleine Gestalt, die sich nur einen halben Meter unter ihm bewegte. Offenbar war das Kind in seiner Abwesenheit abgestürzt. Sie hatte viel Glück gehabt, daß sie sich an

einer vor- stehenden Schraube verfangen hatte. Becker sah, wie sich die große Schleife auf dem Rücken des Kindes immer mehr löste.

»Bleib ganz ruhig, mein Engel! Ich ziehe dich jetzt hoch.« Friedrich griff ihr vorsichtig unter die Arme und zog sie zu sich hinauf.

»Ist dir was passiert?« Besorgt strich er ihr durchs Haar.

»Mir ist so kalt.« Ihre Augen starrten an ihm vorbei ins Leere.

»Es hat mich gezogen, mich einfach heruntergezogen.«

»Friederike, Papa ist hier!« Er schüttelte sie durch, doch sie reagierte nicht.

»Heruntergezogen. Hinunter in die Dunkelheit.« Becker ergriff das völlig verstörte Kind und lief durch das Treppenhaus, aus dem der Fremde jetzt unerkannt verschwand.

Auf der Fahrt ins Krankenhaus mißachtete Friedrich alle Verkehrsregeln, die es gab. Sein Auto schleuderte um die Kurven, rammte parkende Autos. Ampeln waren für ihn gar nicht vorhanden. Friederikes Blick war nach vorne gerichtet. Sie starrte nur noch zitternd ins Leere.

»Sie hat einen schweren Schock erlitten. Die äußeren Blessuren sind nicht so tragisch. verheilen sicher ganz schnell. Doch es ist möglich. daß sie bei dem Sturz innere Verletzungen davongetragen hat. Das halte ich aber für weniger wahrscheinlich. Um sicher zu gehen, werde ich sie ein paar Tage länger hierbehalten. Machen Sie sich jedoch keine Sorgen. Es wird alles gut werden.« Der junge Arzt strahlte Gelassenheit aus, die auf Friedrich beruhigend wirkte.

»Kann ich zu ihr? Ich will einfach nur in ihrer Nähe seln.«

»Wir haben das Mädchen mit Medikamenten ruhiggestellt. Sie müßte jetzt eigentlich schlafen.«

»Bitte!« Der Arzt überlegte kurz.

»Na gut. Wecken Sie die Kleine aber nicht auf! «

»Mach ich nicht! Danke. Doktor!« Der Arzt verließ den besorgten Vater, um sich seiner Arbeit zu widmen.

Als Friedrich das Krankenzimmer betrat, schlug Friederike die Augen auf. Er schob einen Stuhl an ihr Bett und setzte sich zu ihr.

»Hallo Papal« Friederikes Augen waren nicht mehr so leer wie Minuten vorher, doch sie schien woanders zu sein. »Hallo Schätzchen! Sprich bitte nicht soviel! Der Arzt sagt, daß du Ruhe brauchst. Er nahm ihre Hand, froh darüber, das Sie sich etwas beruhigt hatte.

»Papa?« Friederikes Stimme war schwach, und sie brachte nur mühsam einen Ton heraus. In ihren Augen standen die Tränen, die das Blau noch mehr hervortreten ließen.

».Ja, Liebling?« Er kämpfte mit seiner Fassung, die er nur mit großer Willensanstrengung wahren konnte.

»Wenn ich sterbe, komme ich dann in den Himrnel?« Das Mädchen sah ihn an, und er fühlte sich so schwach und hilflos wie immer, wenn sie ihn aus ihren wunderschönen blauen Augen ansah.

»Du kommst in den Himmel, mein Schatz.« Seine Aufregung wuchs. Wenn er bloß etwas unternehmen könnte, das ihr helfen konnte.

Er sah die Drähte, die an ihrem kleinen Körper hingen und die blinkenden Lämpchen, die nur darauf warteten zu erlöschen.

»Aber du bist noch jung und hast so unendlich viel Zeit. Der Arzt hat gesagt, daß du wieder gesund wirst.« Er strich über ihre schweißnasse Stirn.

»Und ehe du dich versiehst, bist du auch wieder zu Hause.«

»Weißt du, was ich mir gewünscht habe, als ich die Sternschnuppe am Bärenkopf gesehen habe?« Ihre Stimme wurde zunehmend schwächer.

»Nein, das hast du mir noch nicht gesagt.«

»Ich habe mir gewünscht, daß wir zusammen noch viele solch schöne Tage erleben, wie wir es dort getan haben.«

»Das werden wir auch, ganz bestimmt!«

»Ich kann schon ihre Stimmen hören. Ja, da sind sie. Sie sind wirklich so schön, wie ich es mir immer vorgestellt habe.«

 »Wer ist da?« Friedrich sprang vom Stuhl, auf dem er saß, und warf ihn um.

»Engel! Papa? Wo bist du? Ich kann dich nicht sehen! Sie sind gekommen, um mich zu holen. Ich habe Angst!« Ihre Stimme war nur ein heiseres Flüstern.

»Ich bin doch bei dir, meine Süße. Während er mit der rechten ihre Hand hielt, drückte er mit der linken Hand den Rufknopf für die Krankenschwester.

Wieso kam denn keiner? Sein Daumen drückte immer und immer wieder auf den verwunschenen Knopf, der das Signal auslösen sollte.

Aus Friederike Luises Mund kam nur noch ein unverständliches Murmeln. Doch dann wurde es still. Ihre Hand drückte kräftig die seine und erschlaffte dann. Ein letztes Mal. Das lang gezogene Piepsen durchdrang den Raum, das nur durch das Aufschlagen der Tür unterbrochen wurde. Zwei Krankenschwestern und ein junger Arzt mit schulterlangem braunem Haar hasteten zum Bett der Patientin, begannen unverzüglich mit Wiederbelebungsversuchen.

»Würden Sie bitte draußen warten!« Der junge Mann in dem weißen Kittel machte ein ernstes Gesicht. Friedrich nahm das nur mit halbem Bewußtsein wahr.

Im tiefsten Innern wußte er, daß das Bemühen der Ärzte nichts helfen würde. Seine Beine trugen ihn hinaus. Hinter sich die Stimmen der Menschen, die versuchten, das Leben seiner Tochter zu retten. Hoffnungslosigkeit breitete sich in ihm aus. Sein Herz schlug wilde Kapriolen, hämmerte wie ein Preßlufthammer, der sich in das Innere einer Betonfläche fraß. Wenn er in seinem bisherigen Leben einen Tropfen Alkohol gebraucht hatte, dann war das jetzt in diesem schlimmen Moment der Fall. Ein Schluck Wodka, und alles würde wieder gut. Friederike würde in ein paar Tagen das Krankenhaus wieder verlassen dürfen. Er würde sie bei der Hand nehmen und sie durch den Park hinter dem Gebäude führen, wo die schönsten Blumen blühten. Ein Schluck und alles, was ihm widerfahren war, würde sich als scheußlicher

Alptraum herausstellen der dem Leben gewichen war. Ja, genau, alles würde wieder gut werden. Die Leute da drinnen hatten ihren Beruf gelernt. Hatten sie das wirklich? Der Arzt sah noch ziemlich jung aus! Es würde schon gut gehen. Warum sollten sie gerade bei seinem kleinen Mädchen versagen?

Seine Glieder zitterten. Zitterten vor Angst. Friedrich stand alleine im Flur. Die weißen Wände wirkten auf ihn wenig beruhigend. Sie schienen das unangenehme Gefühl in ihm noch zu schüren. Im Krankenzimmer kehrte Stille ein. Eine Ruhe, die alle Zweifel auslöschte. Ein kühler Lufthauch fuhr über seine Wange. Berührte sie sanft wie zum Trost.

"Herr Becker?« Friedrich sah auf und blickte in die braunen Augen des jungen Arztes.

"Es tut mir leid! Wir konnten nichts mehr für ihre Tochter tun." Der Kerl ihm gegenüber zeigte echtes Mitgefühl. Doch das konnte er für sich behalten.

"Sie war noch so jung, hatte das ganze Leben vor sich. Mein Mädchen hätte nicht sterben müssen." Er wankte, als ihm schwarz vor Augen wurde. Als ihn der Arzt stützen wollte, winkte er ab. Er wollte nur raus hier. Friedrich stolperte vorwärts, wurde immer schneller, lief durch hell erleuchtete weiße Flure und stand auf dem Parkplatz. Er schrie seinen Schmerz hinaus. Brüllte, bis ihm der Hals weh tat. Menschen, die hier ein und ausgingen, starrten voll Mitgefühl oder voll Unverständnis auf den Mann, der sich mit den Knien auf die Erde warf.

An den Tagen bis zum Begräbnis saß Friedrich im Zimmer seiner Tochter. Ihr Bild lag auf seinem Schoß. Neben dem Sessel standen zahllose leere und volle Flaschen Whiskey. Die Augen hatten gerötete Ränder. Zuerst dachte er daran, seinen Schmerz mit Arbeit zu verdrängen. Er hatte gehört, daß es helfen sollte. Doch er ertränkte den Kummer lieber im Alkohol. Vielleicht war es ein Fehler, in ihrem Zimmer zu sitzen. Erinnerungen, die schmerzende Stiche im Herz verursachten. Alles war noch so, wie sie es vor sechs Tagen verlassen hatte. Ihr Bett ordentlich gemacht und ausgerichtet. Der große Panda, den sie immer am liebsten hatte, saß am Kopfende und starrte ihn an, als wollte er sagen:" Wo ist Friederike? Sie soll mit mir spielen!" Doch das Mädchen trat ihre letzte Reise an. Eine Reise, von der es kein Zurück gab. Friedrich stand behäbig auf.

»Hör endlich auf zu saufen, du dummes Arschloch!« Seine Brust schmerzte, in ihm stieg Wut auf. Wenn er morgen früh nüchtern zur Beerdigung gehen wollte, dann war es jetzt genug. Die Flasche Wodka, die er eben erst geöffnet hatte, ließ er auf den Boden fallen, gleich neben dem Bett im Kinderzimmer, auf das er sich warf und darin wenige Minuten später weinend einschlief.

Zu dem Begräbnis am nächsten Morgen kamen viel mehr Leute, als Friedrich eigentlich erwartet hatte. Kinder, frühere Lehrer, alle seine Angestellten und Menschen, die er nicht einmal vom Sehen her kannte.

Er stand vor dem ausgehobenen Grab, unfähig, die Blicke der Anwesenden zu erwidern. Der Sarg seines Kindes, kaum zu erkennen als solcher, war über und über mit Blumen bedeckt. Er sah auf den Grabstein, den er für sich und seine Tochter hatte vor zwei Jahren anfertigen lassen. Damals dachte er noch nicht im entferntesten daran, daß er schon so zeitig gebraucht werden würde. Am allerwenigsten daran, daß es Friederike zuerst träfe. Er las ihrer beider Namen und in verzierter Goldschrift:

DIE LIEBE WÄHRT EWIGLICH!

Die Worte des Pfarrers nahm er gar nicht wahr. Seine Gedanken schweiften zur Kapelle zurück, wo er stundenlang vor dem geöffneten Sarg Friederikes stand und sie das letzte Mal ansah. Sie trug ihr Lieblingskleid, das weiße mit den Blüten und Schleifchen. Das Kleid, das sie anhatte, als sie in den Fahrstuhlschacht stürzte. Friedrich strich ihr übers hüftlange blonde Haar, das wie immer ordentlich gekämmt war, außer dann, wenn sie wild umhertobte. Aber ihre Augenlider waren geschlossen. Für immer geschlossen, diese wunderschönen blauen Augen, die ihn schwach werden ließen wenn sie ihn um etwas bat.

Durch die Baumwipfel glitt rauschend der Wind. Er streifte über die Blumengebinde und verfing sich in seinem Haar. Er horchte auf, denn irgend etwas in seinem Inneren sagte ihm, daß dies nicht zufällig geschah. Aus dem Schatten des riesigen Grabsteines trat eine kleine Gestalt hervor. Zuerst konnte Becker sie nur schemenhaft sehen, denn sein Blick war von Tränen getrübt. Doch dann erkannte er sie genau. Es war Friederike. Das blonde Haar. mit dem der Wind spielte, ihr Kleid und die leuchtenden blauen Augen. Das kann einfach nicht sein. Die Kleine war tot. Für die anderen war sie wahrscheinlich nicht sichtbar, jedenfalls ließ sich niemand etwas anmerken. Also hatte er doch eine Halluzination.

Sie winkte ihm zu und setzte dabei ihr süßestes Lächeln auf.

»Ja, ich bin es wirklich. Du täuschst dich nicht, Papa! In dem Sarg dort liege ich, nicht wahr?« Der Ausdruck in ihrem Gesicht verfinsterte sich.

»Ja, das bist du!« Friedrich starrte fassungslos auf das Mädchen oder, besser gesagt, ihren Geist. Der Pfarrer, der in seiner Rede unterbrochen wurde, stockte bei seinen Worten und fuhr dann fort.

»Armer Papa, du bist sicher sehr traurig. Doch mir geht es gut. Ich habe sehr viel Spaß an dem Ort, wo ich jetzt bin. Die Leute sind nett, und ich kann die ganze Zeit über mit anderen Kindern spielen. Aber ich vermisse dich. Komm doch bitte mit mir!«

Das Herz in seiner Brust schlug heftig und unregelmäßig. Schmerzen im Oberkörper nahmen ihm die Luft zum Atmen. Er wankte, und ihm wurde plötzlich schwarz vor Augen.

Wagner stand rechts neben seinem Chef, als dieser das Gleichgewicht verlor. Er versuchte ihn noch zu stützen. Doch es war zu spät. Becker stürzte in das, ausgehobene, Grab seiner Tochter in dem er nur wenig später verstarb. Bestürzt sahen alle Anwesenden auf den reglosen Körper Friedrich Beckers. Der Wind nahm zu, fegte über den Friedhof zum Himmel empor.

Mit sich zwei kleine Lichtkugeln nehmend, die ungesehen verschwanden.

ENDE

Weg der Liebe

Geheimnisvoller Weg der Liebe,
windest dich durch Raum und Zeit.
Löscht die Wirrungen der Liebe,
bietest Platz für Traum und Leid

Ich nehme dich in meine Arme.
Tag täglich, manchmal stundenlang.
Spür deinen Atem, deine Wärme.
Halte dich so fest ich kann.

Halte dich an beiden Händen,
die so klein sind und so fein.
Schatten im Licht an hellen Wänden,
prägen sich tief in mir ein.

Schatten die im Dunklen leben,
laufen dir zuvor im Kreis.
Alles was ich kann dir geben.
Liebe ist`s. Ich sag es leis.

Leise Worte ernst gesprochen,
meine ich so wahr sie sind.
Herz, das meine ist gebrochen,
denn der Tod reist mit dem Wind.

Geheimnisvoller Weg der Liebe
endest nicht in Traum und Zeit.
Anfang ist das Glück der Wiege,
langer Pfad zur Ewigkeit.

Aus:

„Trauerweiden weinen dir zum Abschied"

von Peter K Stumpf

Bisher erschienen:

Das Ende aller Tage
Sagen aus Brandenburg
Preußischer Kalender
Kein Licht in dunkler Nacht